Gerda Brömel
Kieler Deern
1945 – 1948

Gerda Brömel lebt in Mönkeberg an der Kieler Förde. Bis zu ihrem Ruhestand war sie in der Verwaltung verschiedener Institutionen tätig. Danach begann sie mit ihrer literarischen Arbeit. Inzwischen hat sie zahlreiche Bücher mit Kurzgeschichten, Reiseberichten sowie zwei Romane veröffentlicht. Daneben arbeitet sie auch als Herausgeberin/Bearbeiterin von Texten anderer Autoren.

Gerda Brömel

Kieler Deern
1945 – 1948

*Bibliografische Information der Deutschen National-
bibliothek:*
*Die Deutsche Nationalbibliothek verzeichnet diese
Publikation in der Deutschen Nationalbibliografie;
detaillierte bibliografische Daten sind im Internet
über http://dnb.dnb.de abrufbar.*

Für
Anna,
Inga, Olaf,
Hanno, Svea, Merle, Simon,
Rieke, Johan, Leo

Inhaltsverzeichnis

Mit Erinnerungen ist es so eine Sache … Kann man ihnen wirklich trauen? Oder gaukelt das Gedächtnis dem Menschen etwas vor? Werden Ereignisse dabei unbewusst verändert, passend gemacht, geschönt? Wahrscheinlich ist dies so. »Mein Gedächtnis, die Erinnerung, ist eine Dichterin …«, soll die aus Flensburg stammende Schauspielerin und Schriftstellerin Emmy Hennings (1884 – 1948) einmal gesagt haben, und damit hatte sie wohl recht.

Bei der Schilderung meiner ersten Jugendjahre in Kiel nach dem Krieg habe ich mich bemüht, so genau wie möglich zu sein. Garantieren für die absolute Wahrheit dessen, was ich erinnere, kann ich allerdings nicht. Denn »Mein Gedächtnis ist eine…«

Gerda Brömel

Wieder zu Hause

Es war morgens gegen vier Uhr am dritten Mai 1945. Hin und wieder schoss die FLAK, wir hörten Explosionen, feindliche Flugzeuge allerdings nicht mehr. Nach der langen Fahrt auf dem LKW von Grömitz war ich müde und erschöpft, aber glücklich, nach zwei Jahren in Lagern der Kinderlandverschickung (KLV) wieder in Kiel bei meiner Familie zu sein.

Mein Zuhause in der Kantstraße sah anders aus, als ich es in Erinnerung hatte. Nach den letzten Bombenangriffen fehlten Fensterscheiben, Zimmertüren hingen schief in den Angeln, Gardinen waren zerfetzt. Auch der Garten sah traurig aus mit dem behelfsmäßig wieder aufgefüllten Bombentrichter und ohne meine geliebte Schaukel. Neben unserem Haus klaffte die Lücke der vier im Januar 1944 zerstörten Reihenhäuser. Auf der gegenüberliegenden Straßenseite waren drei Häuser weg – nur noch Trümmer und Ruinen. Gerade war ich auf dem Sofa in Tante

Hannas Zimmer eingeschlafen, als Mutter mich weckte. »Vater will mit dir zum Bunker!« – »Und ihr?« – »Wir gehen hier in den Keller.«

Eine Sirene heulte, sie klang verstimmt und etwas kläglich – offenbar wurde sie von Hand betrieben. Vater hatte berichtet, dass es schon seit Tagen keinen Strom mehr gab. »Festungsalarm ist es jedenfalls nicht«, meinte er, »der hört sich anders an. Oder sollte doch noch irgendein wild gewordener Nazi die Stadt verteidigen wollen?« Vorhin im Bunker hatte er nämlich Gerüchte gehört, Kiel solle kampflos übergeben werden.

»Mach schnell, Gerda, wir müssen los!« Die FLAK schoss jetzt fast ununterbrochen, auch andere heftige Detonationen waren zu hören. Ich spürte, dass Vater sich nur widerwillig zum Bunker aufmachte. Eine weinende junge Mutter mit ihrem Neugeborenen hatte ihn jedoch angefleht, mit ihr und dem Baby dort Schutz zu suchen. Sie war gerade bei uns aufgetaucht, weil sie nicht wusste wohin, denn das Haus mit ihrer Wohnung war heute Nacht zerbombt worden. In der Not war ihr da die Fürsorgerin Fräulein Reumann eingefallen – Mutters Schwester und unsere Tante Hanna, die bei uns wohnte und zu unserer Familie gehörte.

Mir steckten die Erlebnisse unserer fast sieben Stunden dauernden Fahrt von Grömitz nach Kiel noch in den Knochen. Unterwegs hatten Tiefflieger uns mehrere Male beschossen. Wir waren dann vom Lastwagen runtergesprungen, hatten uns hingeworfen und an die Erde gepresst.

Immer noch voller Angst lief ich jetzt hinter Vater her, der das Baby auf dem Arm trug. Wie er rannte auch ich immer nur ein paar Schritte, um dann kurz unter dem Vordach einer Haustür Deckung vor möglichen Tieffliegern oder FLAK-Splittern zu suchen. Unser Ziel war ein Schutzraum auf der Dubenhorstkoppel. Als wir dort ankamen, war der kleine behelfsmäßige Bunker gerammelt voll, man konnte nur stehen. Einer der Anwesenden bestätigte das Gerücht, Kiel sei zur »offenen Stadt«[1] erklärt worden, er hätte die Meldung vorhin im Drahtfunk gehört. Als es nach einiger Zeit draußen etwas ruhiger wurde, machten wir uns auch ohne Entwarnungssignal auf den Rückweg.

Mutter hatte inzwischen Frühstück zubereitet. Sie war an unsere »eiserne Reserve« gegangen, und so gab es als Brotaufstrich nicht nur die aus Rüben und

---

[1] eine »offene« Stadt wird nicht mehr verteidigt

Möhren bestehende Marmelade, sondern für jeden eine dünne Scheibe gekochten Dosen-Schinken.

»*Wir* haben jedenfalls noch ein Dach überm Kopf«, stellte Mutter fest, dabei blickte sie auf die fremden Leute, die jetzt mit uns am Tisch saßen. Es waren ein Lehrer und seine Frau aus der Geibelallee, die Mutter vom Sehen her kannte. Sie hatten – wie die junge Mutter – heute Nacht ihre Wohnung durch eine Sprengbombe verloren. In ihrer Verzweiflung hatten auch sie bei uns ersten Unterschlupf gesucht.

Das mit dem Dach überm Kopf durfte man nicht wörtlich nehmen, denn durch Splitter und den Luftdruck in der Nähe gefallener Sprengbomben und Luftminen waren zahlreiche Ziegel heruntergefallen. Im Dachstuhl klafften große Löcher, und das Mansardenzimmer meiner fünf Jahre älteren Schwester Anna und mir war unbewohnbar geworden.

Unser Gespräch am Esstisch drehte sich inzwischen darum, wie es nun weitergehen würde. War bald oder vielleicht schon jetzt für uns Zivilisten die größte Gefahr vorüber? Das Lehrer-Ehepaar brach bald auf, um nach seinem zerbombten Haus zu sehen. Sie hofften, jetzt bei Tageslicht vielleicht doch noch etwas von ihrer Habe bergen zu können.

Irgendwann drang ein gleichbleibendes Dröhnen

zu uns, das wir nicht deuten konnten. Dessen Ursache erfuhren wir erst später: Es war das Geräusch einer langen Kolonne von Wehrmachtsfahrzeugen, die auf der Eckernförder Straße (damals Straße der SA) auf dem Rückzug in Richtung Norden waren.

Immer noch hörten wir FLAK- und Explosionslärm, allerdings schien er nicht von Bomben zu kommen, denn am klaren Himmel waren keine feindlichen Flugzeuge mehr zu sehen. Es gab Gerüchte, die Deutsche Kriegsmarine versenke befehlsgemäß ihre im Hafen liegenden Schiffe oder jage sie in die Luft und die FLAK vernichte ihre Munition. Nichts solle in die Hände der Feinde fallen!

Mutter hatte von Nachbarinnen erfahren, Vorratslager in Nähe des Eichhofs seien für die Bevölkerung geöffnet worden. Dort gebe es etwas zu ergattern, viele Frauen seien schon losgelaufen. Anna und ich rannten nun auch Richtung Eichhof. Um die Lagerhallen herrschte ein heilloses Durcheinander. Frauen sahen weder links noch rechts, sie rafften zusammen, was sie gerade noch tragen konnten: Fischdosen, Senftuben, Milch- und Eipulver, Bekleidung, Decken und anderes. Anna und ich hatten keine Chance, wir wurden weggeschubst, bevor wir überhaupt fündig werden konnten. »Wir sollten lieber wieder nach

Hause laufen«, sagte Anna, »eigentlich ist dies ja auch Plündern, darauf steht doch die Todesstrafe! Und womöglich explodiert hier noch irgendwas oder es fallen Bomben! Und«, fügte sie hinzu, während sie eine zertrampelte, im Schmutz liegende Männersocke aufsammelte und hochhielt, »für sowas will *ich* jedenfalls nicht krepieren! *Du* etwa?« Tatsächlich fielen wenig später noch Bomben. Allerdings nicht auf unser Viertel, sondern auf Holtenau und den Kanal. Alarm hatte es vorher nicht gegeben.

Die Strom-, Gas-, Wasserversorgung und die Kanalisation waren seit Tagen zerstört, offenbar funktionierten die Telefonleitungen aber noch. Wir selbst besaßen keinen Apparat. Doch Vater hatte schon vor längerer Zeit vom Telefonanschluss außen an der Mauer des Nachbarhauses ein Stück Kupferdraht zu unserem Volksempfänger (Radio) geleitet, so dass wir den »Drahtfunk« und damit die »Luftlagemeldungen« über die zu erwartenden Fliegerangriffe empfangen konnten. Zwar war das Nachbarhaus ein Trümmerhaufen – der Drahtfunk funktionierte jedoch nach wie vor! Hierüber hörten wir übrigens – es war am dritten Mai – mit ungläubigem Staunen einen Aufruf von Rüstungsminister Albert Speer an Verantwortliche »zur Reparatur der Bahnanlagen und

Aufrechterhaltung der Wirtschaft«.

Im Laufe des Tages war tatsächlich Festungsalarm ausgerufen worden. Gerüchte sagten, Militär- und Polizeipatrouillen seien im Stadtgebiet unterwegs; auf alles, was sich bewege, werde geschossen. Nachts hörten wir fernen Sirenen-Alarm, doch wir waren zu müde, um darauf zu reagieren.

Der vierte Mai begann mit Sonnenschein, es wurde ein warmer Tag. Die Nachbarn waren aus ihren Kellern gekommen oder zurück aus dem Hochbunker in der Sedanstraße und machten sich daran, die in den letzten Tagen und Nächten entstandenen Schäden an ihren Häusern notdürftig zu reparieren. Anna kletterte auf unser Dach, Vater stand auf der Leiter und reichte ihr die vorsorglich aus den Trümmern zerstörter Häuser geborgenen und noch brauchbaren Dachpfannen. »Sie hat das schon öfter gemacht«, sagte er, als ich ängstlich hinaufsah. »Anna ist geschickter als ich und absolut schwindelfrei.«

Gegen Abend kursierte ein Gerücht, nachmittags sei vorm Rathaus ein feindliches Militärfahrzeug gesehen worden, es hätte einen aufgemalten weißen Stern gehabt. Wir hofften, dass es sich um ein Gefährt der Engländer oder Amerikaner und nicht um ein sowjetisches handelte. Vater versuchte uns zu beruhigen. Aus den »Nachrichten für Deutschland« des regelmäßig heimlich abgehörten Londoner Rundfunks hatte er nämlich schon vor einiger Zeit erfahren, dass die Russen östlich von Lübeck bleiben würden.

Auch heute hörten wir den ganzen Tag Explosionen. Vielleicht waren es immer noch Sprengungen kriegswichtiger Anlagen? Hin und wieder gab es Alarm, und wir rannten in den Hochbunker. Er war überfüllt, denn viele Leute hatten keine sonstige Bleibe mehr, andere trauten sich wegen der ungewissen Lage überhaupt nicht mehr nach draußen.

Dann erfuhren wir, für das Gebiet südlich des Kanals sei ab morgen, dem fünften Mai, ein Waffenstillstand oder eine Teilkapitulation vereinbart worden. Wir wagten es kaum zu glauben!

Am nächsten Tag wurde es Gewissheit: Die Engländer waren in der Stadt! Anna hatte es gehört, als sie wieder auf unserem Dach tätig war, die Nachbarn hatten es sich von Haus zu Haus zugerufen. Ich erinnere mich noch deutlich an ein Gefühl der Erleichterung über diese Nachricht. Denn im KLV-Lager war uns von den Gräueltaten der russischen »Untermenschen« erzählt worden.

Doch Genaues wussten wir nicht. Deshalb

bewegten wir uns in den nächsten Tagen nur im Garten oder in unmittelbarer Nähe unseres Hauses. Merkwürdig fanden wir, dass immer noch ein Flensburger Sender des »Großdeutschen Rundfunks« Nachrichten verbreiten konnte.

Der Aufruf des Rüstungsministers vom dritten Mai hatte offenbar Erfolg. Denn wie sonst hätten wir uns erklären können, dass mein Bruder Fritz im fernen Amerika aus diesen in Deutschland chaotischen Tagen eine Nachricht von uns erhielt? Fritz war als Soldat Ende 1944 in Südfrankreich in die Gewalt von Partisanen geraten und von ihnen an die US-amerikanischen Invasionstruppen ausgeliefert worden. Inzwischen lebte er in einem Kriegsgefangenenlager in den USA. Dies hatten meine Eltern durch die Benachrichtigungskarte des Roten Kreuzes erfahren.

Vater hatte auf gut Glück eine Kriegsgefangenen-Postkarte geschrieben. »Ich versuche es einfach mal«, meinte er, »denn deutsche Postbeamte tun so lange ihre Pflicht, bis sie von dieser entbunden werden!« Ich erinnere mich deshalb so gut an diese unglaubliche Geschichte, weil ich damit beauftragt worden war, die Karte einzustecken. Und so lief ich den Gartenweg hinter unserer Reihenhausstraße entlang, vergewisserte mich, dass keine englischen

Soldaten zu sehen waren, und überquerte schnell die Langenbeckstraße. »Lieber Fritz!«, las ich unterwegs. »Wir leben und sind alle gesund, unser Haus steht noch! Gruß, Vater.«

Das kleine Fenster an der Frontseite des roten Postbriefkastens an der Hauswand von Schlachter Tanck zeigte exakt die nächste Leerungszeit an. Hatte also ein Postbeamter tatsächlich heute den Kasten geleert und die Zeitangabe weitergedreht? Und dies am sechsten Mai 1945 und damit nach der Teilkapitulation, als das Gebiet nördlich des Nordostsee-Kanals noch Kampfgebiet war! Fritz erzählte später, er sei der Einzige seiner kriegsgefangenen Kameraden gewesen, der schon unmittelbar nach dem Krieg Nachricht von seinen Angehörigen erhalten hatte.

Erst ab dem siebenten Mai galt die Stadt auch offiziell als von britischem Militär besetzt. Spät in der Nacht des achten Mai kapitulierte »Großdeutschland« bedingungslos, der Krieg war zu Ende. Bei dieser Nachricht rief Anna impulsiv: »Endlich kann ich wieder ausgezogen zu Bett gehen!« Wie alle hatte sie in den letzten Wochen in voller Kleidung schlafen müssen, um bei Alarm schnell zum Bunker rennen zu können.

Trotz aller Ungewissheit darüber, was jeweils am

nächsten Tag sein würde, ging das Leben weiter und musste irgendwie bewältigt werden. Erst später wurde mir klar, was die Frauen und hier besonders die Mütter in dieser Zeit des Hungers und Mangels hatten leisten müssen!

Im April war ich dreizehn Jahre alt geworden. Auch wenn ich eigentlich noch ein Kind war, erinnere ich mich lebhaft an das Ende des Krieges und mein Gefühl der Erleichterung und der Befreiung. Befreiung von Angst um das eigene Leben und das meiner Familie im von Bomben heimgesuchten Kiel. Befreiung von Angst, mein Zuhause zu verlieren und allein zurückzubleiben. Befreiung von Angst, Vater würde »abgeholt« und für immer verschwinden. Jetzt hatte ich das Gefühl, uns könne überhaupt nichts Schlimmes mehr passieren!

Dass das Grauen des Krieges außerhalb Europas noch über Monate weiterging, hatten wir vermutlich ausgeblendet. Erst, als im August 1945 die Nachricht von den Atombombenabwürfen über Hiroshima und Nagasaki zu uns drang, kam das Entsetzen zurück. Der erste Gedanke galt den armen Menschen! Doch dann: Wären die Bomben früher einsatzbereit gewesen, hätten sie vermutlich uns getroffen!

1945

Der Sommer 1945 war sehr warm und trocken. Das war gut, denn noch längere Zeit gab es in Kiel weder Strom und Gas noch Wasser. Die Leitungen, Rohre und auch die Kanalisation waren von Bomben zerstört worden. Jetzt fuhren an bestimmten Tagen Wasserwagen durch die Straßen, von denen wir uns Trinkwasser holten. Dafür griffen Anna und ich nach Eimern und Milchkannen und stellten uns an die Schlange der Nachbarinnen. Brauchwasser holten wir aus dem Feuerlöschteich am Ende des Gartenweges. Außerdem hatte Mutter vor längerer Zeit unsere Badewanne mit Wasser gefüllt, denn vorübergehend hatte es auch früher schon kein Wasser gegeben. Zum Glück besaßen wir einen Garten, in dem wir den Inhalt unserer Nachttöpfe vergraben konnten. Doch für Bewohner der Mietshäuser war die zerstörte Kanalisation ein großes Problem. Die Wasserversorgung war dann auch das Erste, was wieder funktionierte.

Strom entbehrten wir zunächst kaum. Im Sommer

war es noch hell, wenn wir zu Bett gingen, denn von Mai bis September galt eine doppelte Sommerzeit, das heißt, dass die Uhren *zwei* Stunden vorgestellt worden waren.

In unserer kleinen Küche hatten wir einen Gasherd, der jetzt nutzlos herumstand. Ich erinnere mich, dass Mutter zunächst im Garten auf einer Feuerstelle aus Mauersteinen gekocht hatte – die Steine stammten von den zerstörten Nachbarhäusern. Diese Feuerstelle wurde aber nach wenigen Tagen in die Waschküche verlegt. Dort befand sie sich vor dem Feuerloch des Waschkessels, sodass der Rauch durch den Schornstein abziehen konnte.

Tante Hanna, die als Fürsorgerin viel herumkam, hatte bald das Glück, einen kleinen Herd aus Eisenblech aufzutreiben, eine sogenannte »Brennhexe«. Sie stand auf dem jetzt unbrauchbaren Gasherd und wurde mit einem Rohr an den Schornstein angeschlossen. Beheizt wurde sie mit Abfallholz, das wir aus den Trümmern bargen. Später mussten wir uns zeitweise auch mit Torf behelfen. Noch heute kann ich mir den beißenden Geruch des glosenden, manchmal noch feuchten Torfs in Erinnerung rufen.

Die Brennhexe sollte in den extrem kalten Wintern 1945/46 und 1946/47 auch für Wärme sorgen.

Damals war unsere Küche der einzige warme Raum im Haus, das heißt: *relativ* warm. Denn das in kleine Scheiben unterteilte Küchenfenster schloss nach den Bombenangriffen nicht mehr richtig und fehlende Scheiben waren durch Holz oder Pappe ersetzt worden. Brennmaterial für die Zentralheizung – wie Koks oder Briketts – war schon während des Krieges sehr knapp rationiert gewesen und jetzt überhaupt nicht mehr erhältlich.

Alle Zeitungen und sonstigen Druckerzeugnisse waren von der Besatzungsmacht verboten worden. Die Anordnungen der britischen Militärregierung wurden von Lautsprecherwagen, die durch die Straßen fuhren, bekannt gemacht. So erfuhren wir zum Beispiel auch von der Verhängung einer Ausgangssperre (curfew) von 19 bis 7 Uhr, in den Sommermonaten erst ab 22 Uhr. Und davon, dass alle Waffen abgeliefert werden mussten. So etwas besaßen meine Eltern natürlich nicht. Doch Mutter fiel ein, dass irgendwo im Keller noch der Säbel ihres im Ersten Weltkrieg gefallenen Bruders sein musste. Er war ein Bestandteil seiner Uniform als Marineoffizier gewesen. Vorsichtshalber lieferte sie die Waffe auf der Sammelstelle ab. Auch alle privaten Fotoapparate mussten abgegeben werden. Das betraf Tante Hanna, die sich schweren Herzens von ihrer AGFA-Box trennte. Ebenfalls über Lautsprecherwagen bekannt gemacht – unterstützt durch Anschläge auf den wenigen noch vorhandenen Litfaßsäulen –, erfuhren wir von Impfaktionen. Angesichts der katastrophalen hygienischen Verhältnisse in der Stadt befürchteten die Besatzer offenbar den Ausbruch von Seuchen. Nach meiner Erinnerung mussten wir uns gegen Cholera und Ruhr impfen lassen. Bei Nichtbefolgen all dieser Anordnungen wurden hohe Strafen angedroht, Gerüchte sprachen vom Entzug der Lebensmittelkarten bis hin zur Todesstrafe.

Wann unser Kaufmann Harder seinen Laden wieder öffnen durfte, weiß ich nicht mehr. Vorläufig lebten wir jedenfalls von Mutters Vorräten, die hauptsächlich aus eingewecktem Gemüse und Obst bestanden. Außerdem hatten wir Kaninchen, die uns helfen würden, nicht zu verhungern. Es waren aber nur noch zwei. Alle hatten das Weite gesucht, als beim letzten Angriff die Stalltüren wieder vom Luftdruck explodierender Bomben aufgesprungen waren. Diese zwei waren von netten Nachbarn eingefangen und zu uns zurückgebracht worden. Für das Suchen nach Futter war ich zuständig. Das war gar nicht so einfach, denn auch andere Leute in der Nachbarschaft hielten

Kaninchen, und das als Futter begehrte Unkraut am Wegesrand in der näheren Umgebung hatte häufig schon jemand vor mir abgerupft.

Verhältnismäßig schnell wurden wieder Lebensmittelkarten ausgegeben. Die Zuteilung für Nahrungsmittel war bald jedoch so gering, dass ausschließlich damit ein Überleben nicht möglich war. Alle – und so auch wir – waren ständig auf der Suche, etwas zusätzlich zu essen aufzutreiben. Das galt vor allem für uns Städter. Den Bauern ging es besser, sie saßen an der Quelle und hatten genug zu essen.

Besonders elend ging es allein lebenden alten Leuten. Sie konnten weder Schlange stehen, noch sich an der Jagd nach etwas »ohne« (ohne Marken), wie Fisch oder Gemüse, beteiligen. Tante Hanna als Fürsorgerin und andere sozial Tätige versuchten zu helfen, so gut es ging. Adolf Plath, Pastor unserer Vicelin-Kirchengemeinde, sei sehr erfinderisch, berichtete Tante Hanna, für Alte etwas zu essen oder eine warme Unterkunft zu organisieren. Oft kam aber jede Hilfe zu spät – viele verhungerten oder erfroren.

Es war immer noch Mai, als ein britischer Militär-Jeep vor unserem Haus hielt. Zwei Soldaten stiegen aus und klopften an die Tür. Aufgeregt rief ich nach Vater und lief dann zu Mutter in die Küche. Ich hatte

Angst, dass nun auch *unser* Haus als Quartier für englische Offiziere beschlagnahmt werden würde. So wie es bei Bekannten meiner Eltern geschehen war. Ich überlegte, wo wir vielleicht unterkommen könnten. Im Keller des zerbombten Nachbarhauses? Und was sollten wir unbedingt mitnehmen? Es hieß, man hätte nur wenige Stunden Zeit bis zur Räumung. Vater war inzwischen mit den Soldaten ins Esszimmer gegangen, dort sprachen sie miteinander. Auf einmal verstummte das Gespräch. Was mochte das bedeuten? Nach einer Weile redeten sie jedoch wieder miteinander. Dann hörten wir, wie Stühle gerückt wurden und Vater die Besucher zur Haustür brachte. Er kam zu uns in die Küche und erklärte, es sei nur um den Fragebogen[2] gegangen.

---

[2] Vater hatte ab 1933 seinen Beruf als Lehrer nicht mehr ausüben dürfen, da er nebenberuflich als Redakteur der pazifistischen Zeitschrift »Deutsche Zukunft« vor Hitler und dem Nationalsozialismus gewarnt hatte. – Jetzt war er hochwillkommen, um am Wiederaufbau des Schulwesens in Schleswig-Holstein mitzuarbeiten. Bei der provisorischen Landesregierung in Schleswig hatte er den Fragebogen bereits ausgefüllt. Dieses Formular der Besatzungsmacht verlangte lückenlose Auskunft über Mitgliedschaften und Ämter innerhalb der verschiedenen Nazi-Organisationen. Sollte jetzt ein wichtiges Amt besetzt werden, mussten die Fragen nochmals beantwortet werden, diesmal jedoch unter Aufsicht von Vertretern der Militärregierung. War beim ersten Mal gelogen oder etwas verschwiegen worden, wäre es beim zweiten Mal schwierig, die 131 Fragen genau wie vorher zu beantworten.

»Jetzt haben wir nichts mehr zu essen!«, sagte Mutter eines Frühsommertags. Ich nahm dies nicht ganz wörtlich, denn ich wusste, dass wir noch einen Notvorrat hatten. Den hatte ich ganz hinten im Fußraum von Vaters Schreibtisch entdeckt: eine hohe Keksdose, in der Mutter getrocknete Schwarzbrotknüste aufbewahrte. Vor längerer Zeit hatte sie mir einmal erzählt, eine Nachbarin hätte zu dieser Vorratshaltung für eine drohende Hungersnot geraten. Schon ein paarmal hatte ich mir heimlich und mit schlechtem Gewissen einen Knust daraus genommen. Daran konnte man lange kauen. Das wenige Brot, das wir auf Marken kauften, bestand zum Teil aus Sägemehl, mit dem das richtige Mehl gestreckt wurde. Manchmal befanden sich darin auch Sandkörner oder kleine Steine.

Aber es stimmte, was Mutter gesagt hatte – sogar der eingekellerte Kartoffelvorrat war bis auf ein paar Knollen aufgezehrt! 1944 hatten meine Eltern für den Fall, dass wir ausgebombt würden, in Heidkate in einem langfristig gemieteten Wochenendhäuschen – es war eher eine Bretterhütte – das Allernotwendigste zum Überleben ausgelagert. Kartoffeln gehörten auch dazu.

Wegen dieser Kartoffeln machten Anna und ich

uns nun auf den Weg. Zum Glück gab es in unserer Familie zwei Fahrräder: Das Herrenrad gehörte Vater, das Damenrad Tante Hanna. Beide Räder hatten vielfach geflickte Reifen und waren auch sonst recht klapperig und natürlich ohne Gangschaltung.

Wir hatten nicht daran gedacht, dass es an der Schwentine-Brücke Schwierigkeiten geben würde, aber natürlich hätten wir es ahnen können. Denn große Bereiche des ländlichen Kieler Umlands waren von der Besatzungsmacht zum Sperrgebiet erklärt worden, die Zufahrtswege wurden kontrolliert. In diesen Sperrgebieten, die es auch noch in anderen Landesteilen gab, lebten unter freiem Himmel in provisorischen Lagern insgesamt rund eineinhalb Millionen internierte deutsche Soldaten. Hier mussten sie darauf warten, zunächst ordnungsgemäß aus der deutschen Wehrmacht und danach aus der britischen Internierung entlassen zu werden. Denn ohne diese Entlassungspapiere würden sie unter anderem keine Lebensmittelkarten bekommen. Letztere waren lebensnotwendig.

Nach mir endlos erscheinender Fahrt durch die zerbombte Stadt erreichten wir auf provisorisch von Trümmern geräumten Straßen die Brücke. Anna fasste allen Mut zusammen und schilderte den englischen Wachtposten, wie dringend unsere Familie die Kartoffeln brauchte, dabei sah sie die jungen Soldaten treuherzig an. Anna war achtzehn und ein hübsches Mädchen. Nach einigem Hin und Her durften wir tatsächlich passieren! Vorbei an der zerstörten Holsatia-Mühle radelten wir dann die lange hügelige Strecke bis zum Tannenwäldchen in Heidkate.

Hütte »Hertha«

Unsere Holzhütte «Hertha« wirkte von außen unberührt, Doch drinnen fanden wir von den ausgelagerten Sachen nur noch ein paar Tassen und Teller, das Versteck mit den Kartoffeln war leer.

Wenn schon unsere Tour erfolglos gewesen war, so wollten wir jedenfalls hier in der freien Ostsee baden. Wir liefen über die Salzwiesen bis zum niedrigen Deich, duckten uns aber sofort. Denn am Strand hatten wir unzählige Soldaten gesehen! Jedoch keine deutschen, wie wir bald aus aufgeschnappten Gesprächsfetzen feststellten. »Das müssen Russen sein«, überlegte Anna, »wahrscheinlich von der Wlassow-Armee. Das sind Soldaten«, erklärte sie mir, »die an der Ostfront zu uns übergelaufen sind und dann gegen ihre eigenen Leute gekämpft haben.« Wie die deutschen Soldaten wurden offenbar auch sie im Sperrgebiet interniert. Hier am Strand kampierten in kleineren Gruppen bestimmt hundert oder mehr von ihnen. Nachdenklich sagte Anna: »Nach ihrem Rücktransport in die Sowjetunion kommen sie wohl alle in Straflager. Oder sie werden erschossen.«

Einige von ihnen hatten Feuer gemacht und rösteten darüber Miesmuscheln. Heimlich beobachteten wir sie dabei. Ich dachte, an ihrer Stelle hätte ich bestimmt auch die Kartoffeln geklaut. Viele Jahre später erinnerte Anna mich daran, dass wir in dem Holzhäuschen auch noch die folgende Nacht hatten bleiben müssen, da wir während der curfew nicht unterwegs sein durften. Diese Nacht mit den Russen in der Nähe und unsere Angst vor ihnen hatte ich völlig vergessen. Ich selbst wusste nur noch, dass wir flüsternd miteinander gesprochen und vorsichtshalber unsere Räder mit in die Hütte genommen hatten.

Wir kamen also mit leeren Händen zurück. Da fiel zum Glück Tante Hanna ein, dass ein entfernter Vetter von ihr und Mutter in Drage in der Nähe von Friedrichstadt lebte und eine Mühle betrieb. Musste ein Müller nicht etwas zu essen für uns übrighaben?

Diesmal fuhren Vater und Anna los, natürlich auf den Rädern – Züge oder Bus-Verkehr gab es noch nicht wieder. Bis Drage waren es rund 80 km!

Müller Knuts Frau, die sie empfing, war zunächst recht unfreundlich, als sie bei ihr auftauchten und sich als Verwandte ausgaben. Das berichtete Vater uns später. Bald aber waren die verwandtschaftlichen Bande zu ihrem Mann glaubhaft geklärt. Sie durften sogar in der Mühle übernachten. da sie es am selben Tag nicht rechtzeitig genug mit Beginn der curfew nach Hause schaffen würden.

Am nächsten Nachmittag kamen sie, erschöpft von der langen Tour, wieder bei uns an. Sie hatten Glück gehabt, auch diesmal die Kanalbrücke passieren zu dürfen und unterwegs in keine Polizei-Kontrolle geraten zu sein. Denn wer mit gehamsterten Lebensmitteln erwischt wurde, erhielt eine Strafanzeige. Doch das Schlimmste war: Die Lebensmittel wurden sofort beschlagnahmt! Mutter war etwas enttäuscht, dass sie von der langen Tour nur je einen kleinen Beutel mit Roggenschrot und getrockneten großen Bohnen mitbrachten. »Müller Knut«, erinnerte sich Tante Hanna, »galt ja schon immer als recht sparsam.«

Aber jedenfalls hatten wir jetzt erst einmal wieder etwas zu essen. Ein tiefer Teller mit Roggenschrotsuppe war eine Zeitlang unser Frühstück. Die hellbraune Suppe bestand aus aufgequollenem Schrot, verrührt mit heißem Wasser und versüßt mit einer Saccharin-Tablette. Die harten Pferdebohnen kochte Mutter kurz vor und drehte sie dann durch den Fleischwolf. Mit Hinzufügen von etwas Gemüse, manchmal auch von einer Speckschwarte, bereitete sie daraus eine schokoladenbraune Suppe, die gut sättigte.

Unser Dach war inzwischen provisorisch dicht, nachdem Anna alle offenen Stellen mit zusammengesuchten und noch brauchbaren Dachpfannen belegt hatte. Und so schliefen wir Schwestern wieder in

unserer Mansardenkammer – im Sommer konnte
man es dort auch ohne Heizung gut aushalten.

Am Abend der Rückkehr von Drage erzählte
Anna mir vorm Einschlafen Einzelheiten von der
Hamstertour. Als sie bei Rendsburg über den Kanal
mussten, standen vor der Brücke wieder bewaffnete
englische Wachtposten. Also würden sie ohne Permit
(Erlaubnisschein) nicht rüberkommen! Vater war
drauf und dran gewesen umzukehren, doch sie wollte
nicht ganz umsonst die schon rund 40 km von Kiel
bis hier geradelt sein. Versuchen kann ich es ja, sagte
sie sich, bei der Schwentine-Brücke hatte es doch
auch geklappt! Womit sie dann die Wachtposten
dazu gebracht hatte, dass sie und Vater passieren
durften, wusste sie selbst nicht genau. Jedenfalls
hatte sie es zuerst mit treuherzigem Augenaufschlag
probiert und dann mit ein bisschen Jammern – eins
von beidem hatte schließlich wohl gewirkt. »Der
Zweck heiligt die Mittel«, sagte sie, offenbar noch
nachträglich etwas schuldbewusst.

Jenseits der Kanalbrücke hatten sie dann ein
merkwürdiges Erlebnis. »Davon darfst du Mutter
aber nichts erzählen!«, warnte sie mich. Dort mussten
sie an einer ungefähr hundert Meter langen Marsch-
kolonne entlangfahren. Es waren deutsche Soldaten,

geführt von deutschen Offizieren und eskortiert von englischem Militär. Auf einmal hätten sie deutsche Kommandos gehört: »Stillgestanden! – Rechts um! – *Pissen*!« Sofort hatten sich alle umgedreht und in den Graben uriniert. So schnell sie nur konnten, wären sie an den Männern vorbei weitergefahren!

Immer noch ziemlich aufgebracht, zitierte Anna die Müllerin, nachdem sie ihr erzählt hatte, dass wir Stadtleute hungern müssen: »Wi hebben jo ok nich jümmer Botter op Brot! Männichmal möt wi sogor Smolt eeten![3]« – Und stell dir vor«, fiel ihr jetzt wieder ein, »die Frau und ihre beiden Töchter waren gerade beim Stricken, als wir ankamen. Mit *neuer* Wolle! Wieso haben die neue Wolle? Die gibt es doch schon seit Jahren nicht mehr!«

Nach meiner Erinnerung hielt 1945 das schöne Sommerwetter lange Zeit an – ideal, um an den Strand zu fahren! Doch wie schon in den letzten Kriegsjahren, waren die Strände gesperrt. Jetzt waren der Hafen und ein Teil der Innenförde voll mit versenkten Schiffen und anderem Kriegsmaterial, und die

---

[3] »Wir haben ja auch nicht immer Butter auf Brot! Manchmal müssen wir sogar Schmalz essen!«

Sperrung galt weiter. Anna radelte deshalb mit ihren Freundinnen zum Schwimmen an den Kanal. Ich blieb zu Hause, denn mit dem anderen Rad war Vater nach Eutin gefahren, wo er als kommissarischer Schulrat eingesetzt worden war. Ich hatte gesehen, dass Kinder im Feuerlöschteich hinter dem Hohenstaufenring (jetzt Westring) badeten. An einem heißen Sommertag wagte ich mich auch hinein. Doch das Wasser war schmutzig und stank, das Schwimmen machte keinen Spaß. Hinterher war ich krank mit Durchfall.

Mir fehlten meine früheren Freundinnen aus der Nachbarschaft. Nachdem sie ausgebombt waren, hatten ihre Familien woanders Unterschlupf gefunden: Elke in Arrild bei Kappeln und Frauke in einer Einzimmerwohnung ganz am Ende des Hohenzollernrings (jetzt Westring), Käthchen und Dorit in Bordesholm. Ich ging nach Kronshagen, um meine Schulfreundin Elke, die mit mir zusammen im KLV-Lager gewesen war, wiederzusehen. Doch ihr Elternhaus war offenbar von der Besatzungsmacht beschlagnahmt worden, ich sah britische Soldaten hinter den Fenstern. Enttäuscht kehrte ich um. Unterwegs auf dem Kronshagener Weg beobachtete ich, dass ein Mann einen Radfahrer anhielt, ihm gewaltsam seine Armbanduhr und das Fahrrad abnahm und damit davonfuhr. Er war vermutlich einer der nach Kriegsende befreiten DPs (Displaced Persons), die jetzt Rache für das an ihnen begangene Unrecht nahmen.

Tante Hanna berichtete, es würden dringend Schüler gesucht, um Kurierdienste zwischen den Behörden in Kiel zu erledigen. Ich meldete mich im Rathaus und holte dann dienstliche Briefsachen von einem Amt ab, um sie zu einem anderen zu bringen. Aber es war schwierig, in der zerstörten Innenstadt die Empfänger am angegebenen Ort zu finden. Oder in einem zum Teil zerstörten Gebäude, wenn die Büros im Keller waren oder sonst wo. Ich musste mich umständlich durchfragen und gab die Sache bald auf.

Einmal fuhr ich auf Mutters Vorschlag ab Bellevue-Brücke auf einem Schiff – vermutlich war es ein Fördedampfer – nach Kappeln, um meine frühere Spielfreundin Elke in Arrild zu besuchen. Mutter hatte vielleicht gedacht, dass ich mich dort auf dem Lande einmal satt essen könnte. Aber Elke, die drei jüngeren Geschwister und ihre Mutter lebten im Dorf offenbar als Außenseiter und hatten auch nicht mehr zu essen als wir Städter. Elke hatte bis zu ihrer Ausbombung 1944 im Reihenhaus direkt neben uns gewohnt. Doch wir waren einander fremd geworden während der Jahre, in denen wir uns nicht gesehen hatten.

Als es wieder eine Zugverbindung Richtung Lübeck gab, fuhr ich – auch auf Mutters Vorschlag – nach Beschendorf. Hier hatte ich 1941 ein paar schöne Monate bei Familie Moll gelebt. Ich war dort zur Schule gegangen, als es in Kiel keinen Unterricht mehr gab. Damals war die ein Jahr ältere Elisabeth meine Freundin geworden. Mit ihr hatte ich jetzt gleich wieder guten Kontakt. Ich blieb eine Nacht dort, schlief wie damals mit in Elisabeths Zimmer und wurde von Tante Else verwöhnt. Sie gab mir für Mutter ein paar Eier von ihren Hühnern mit.

Gegen aufkommende Langeweile während der Dauerferien gab es Bücher. Als Erstes holte ich meine beiden illustrierten Bände mit Märchen wieder hervor. Sie hatte ich während meiner zweijährigen Abwesenheit von zu Hause oft vermisst. Es waren die »Märchen der Gebrüder Grimm« und der ebenso dicke Band »Großes Märchenbuch« von Max Geißler. Zum Glück hatten sie nur äußerlich unter Feuchtigkeit gelitten, als unser Dach undicht gewesen war. Wenn ich jetzt die Märchen wieder las, fühlte ich mich um Jahre zurückversetzt. Nur mit dem Unterschied, dass ich inzwischen wusste: Auch wenn ich mich noch so gruselte – immer würde es gut ausgehen!

Vermutlich auch aus Langeweile lernte ich ein neunstrophiges Gedicht auswendig, das ich dann in absurd dramatisierter Form zur Belustigung meiner Eltern und manchmal ihrer Gäste vortrug. Es war »Das Schloss Boncourt« von Adalbert von Chamisso und begann so: »Ich träum' als Kind mich zurücke und schüttle mein greises Haupt …« – »Gerda, du musst Schauspielerin werden!«, hieß es dann manchmal. Daran hatte ich auch schon gedacht, es mir aber aus dem Kopf geschlagen, denn ich hatte doch schiefe Zähne!

Es war Tante Hanna, die dafür sorgte, dass ich trotz Dauerferien etwas lernte. Als Fürsorgerin – inzwischen im Wohnungsamt – hatte sie mit einer alleinstehenden jungen Frau zu tun gehabt, einer ausgebildeten, jetzt arbeitslosen Fremdsprachenkorrespondentin. Meine Tante hatte sie gefragt, ob sie ihrer Nichte vielleicht Englischunterricht geben wolle. Und so ging ich einmal in der Woche zu Fräulein Wüstenberg, die ein kleines dunkles Zimmer in der Stiftstraße bewohnte. Das Englischlernen, diesmal ohne Klassenarbeiten und Noten, gefiel mir gut.

Inzwischen erschien wieder eine Zeitung. Sie hieß »Kieler Nachrichtenblatt« und wurde von der Militärregierung herausgegeben. Darin wurden die öffentlichen Bekanntmachungen der Besatzungsmacht und der Stadtverwaltung abgedruckt. Bald darauf gab es noch eine andere Zeitung: »Kieler Kurier«.

An den warmen Abenden dieses ersten Nachkriegssommers saßen wir häufig hinterm Haus um den Gartentisch und unterhielten uns leise – leise wegen der Ausgangssperre. Ich hatte Angst, dabei könnten englische Soldaten uns außerhalb des Hauses erwischen. Aber Vater meinte, die curfew gelte nicht für den eigenen Garten. Wir – das waren Mutter, Vater, Anna und Tante Hanna, die ja zu unserem Haushalt gehörte.

Dankbar sprachen wir immer wieder darüber, dass unsere Familie und auch alle nahen Verwandten wie durch ein Wunder den Krieg überlebt hatten, dass unser Haus noch stand und wir darin wohnen konnten. »Thomas Hansen hatte doch vorausgesagt«, bemerkte Mutter, »dass das Haus seiner Tante stehen bleiben würde!« Dem Neffen unserer Nachbarin direkt gegenüber auf der anderen Straßenseite wurde nachgesagt, über das »zweite Gesicht« zu verfügen. Obwohl Mutter von solchen übersinnlichen Dingen eigentlich nichts hielt, hatte sie sich eingeredet, seine Vorhersage gelte auch für unser Haus.

Vater berichtete von seiner Arbeit in Eutin und von unerwarteten Schwierigkeiten: Sein Amtsvorgänger hatte kurz vor Kriegsende sämtliche Akten verbrannt und damit auch die Personalakten aller Lehrkräfte!

An einem Abend hörten wir plötzlich ein Geräusch vom Trümmergrundstück nebenan, dann raschelte es in den verwilderten Büschen, und ein Mann sprang über den kaputten Zaun zu uns. Ich erstarrte vor Schreck!

Es war Rolf Stolze, ein ehemaliger Mitschüler von Fritz. Vater hatte ihn gleich erkannt, denn er hatte ihm vor einigen Jahren Nachhilfe in Mathematik gegeben. Wie Rolf jetzt erklärte, sei er aus dem nahen Internierungslager für deutsche Marine-Soldaten abgehauen. Er hätte lange nichts von seinen Eltern gehört und fragte nun, ob Vater oder Mutter etwas wüssten. Ob sie noch lebten und ob der Häuserblock in der Langenbeckstraße noch stehe. Zwar seien dort auch Bomben gefallen, sagte Mutter, doch nicht an dieser Stelle. Und falls dabei jemand umgekommen wäre, hätte sich dies bestimmt in der Nachbarschaft herumgesprochen. Mutter kannte die meisten Leute unseres Viertels vom Sehen, denn man begegnete sich fast täglich bei Kaufmann Harder oder beim Milchholen. Beim Schlangestehen kam man dann ins Gespräch. So verbreiteten sich Neuigkeiten sehr schnell, auch wilde Gerüchte machten auf diese Art immer wieder die Runde. Einigermaßen beruhigt brach Rolf auf zum letzten Teil seines heimlichen Nachhausewegs. Jetzt brauchte er nur noch durch unseren Garten und dahinter den Fußweg entlang zu laufen und die Langenbeckstraße zu überqueren. Vom Hintereingang seines Wohnblocks konnte er dann hoffentlich ungesehen von zufälligen englischen Wachsoldaten zu seinen Eltern gelangen. Ich stellte mir vor, wie sehr sie sich freuen würden, dass ihr Sohn lebte und gesund war.

An einem anderen Sommerabend überraschte uns schon wieder ein aus dem nahen Internierungslager geflohener junger Mann. Es war Wolfgang Kirchenbauer, seine Eltern waren mit Mutter und Vater und Tante Hanna befreundet. Auch er war in Sorge, denn die letzte Nachricht von Zuhause lag lange zurück. Tante Hanna, die als Fürsorgerin gerade in dem Bezirk unterwegs gewesen war, wusste, dass seine

Eltern den Krieg überlebt hatten und ihre Wohnung in der Boninstraße zwar beschädigt, aber noch bewohnbar war. Wie wir später hörten, hatte auch Wolfgang sein Zuhause sicher erreicht.

Es muss im August gewesen sein, als jemand am frühen Nachmittag an unsere Haustür klopfte. Mutter schlief zu Mittag, und so ging ich zur Tür. Vor mir stand ein magerer, etwas verwildert aussehender Junge und sah mich fragend an. Es war Hans-Ulrich Moll, mein heimlicher Schwarm, als ich Neunjährige 1941 eine Zeitlang bei Familie Moll in Beschendorf lebte. Wie er jetzt berichtete, war er Anfang des Jahres als Soldat an der Ostfront, die bereits auf deutschem Gebiet lag, in russische Kriegsgefangenschaft geraten. Als Kriegsgefangener musste er auf einem Bauernhof arbeiten. Von dort war er schon einmal zu Fuß Richtung Westen geflohen, doch an der Grenze zwischen der Ost- und der Westzone erwischt und zurückgebracht worden. Erst dieser zweite Fluchtversuch war geglückt – jedenfalls bis Kiel.

Inzwischen war Mutter hinzugekommen. Sie betrachtete Hans-Ulrich und sagte, vielleicht wolle er erstmal rauf ins Badezimmer gehen, um sich zu waschen. Ganz verändert, sauber und gekämmt, kam er nach einiger Zeit wieder runter.

Er erzählte, beinah sei er zur Waffen-SS eingezogen worden. Bei der Musterung in einer Schule hatte er gesehen, dass keiner der bereits gemusterten siebzehnjährigen Jungen den Raum verlassen durfte, bevor er nicht ein Papier unterschrieben hatte. Einer hatte ihm zugeflüstert, es sei die »freiwillige« Meldung zum Dienst in der Waffen-SS! »Nee, dat mokt wi nich!«, hatte da sein Freund, ein Bauernsohn aus Beschendorf, gesagt. In einem günstigen Augenblick konnten sie unbemerkt durch die Tür auf den Korridor schlüpfen. Um die Musterung würden sie allerdings nicht herumkommen, und so gingen sie im anderen Gebäudetrakt in einen gekennzeichneten Klassenraum. Doch auch diesen durften sie erst verlassen, nachdem sie ein Papier unterschrieben hatten. Es war ihre »freiwillige« Meldung zum Dienst in der Wehrmacht. Das erschien ihnen als das kleinere Übel.

Jetzt hatte Hans-Ulrich sich zuerst an uns gewandt, da er hoffte zu erfahren, wie er nach Hause kommen könnte, denn Beschendorf lag im Sperrgebiet. Das wussten wir allerdings auch nicht. Immerhin konnte er aber über uns seine Eltern brieflich benachrichtigen, dass er lebte und versuchen wolle, bald heimzukommen. Über Nacht blieb er noch bei uns, um sich dann am nächsten Morgen auf den Weg zu machen. Da er nicht besonders groß war und dazu sehr mager, sah er jünger aus als achtzehn. Deshalb würde er vielleicht Glück haben, als Junge eventuelle Kontrollen der Engländer ungeschoren zu passieren.

In den nächsten Tagen hatte ich am Körper an mehreren Stellen kleine rote Flecke, die schrecklich juckten. Mutter sagte: »Kontrollier doch mal deine Unterwäsche!« Das tat ich sofort und entdeckte winzige Blutflecke. »Wie ich mir schon gedacht hatte«, sagte Mutter, »du hast Flöhe!« Auf ihren Rat ließ ich unsere Badewanne volllaufen. Natürlich mit kaltem Wasser, denn Gas für den Badeofen gab es noch nicht wieder. Aber im Sommer war kaltes Wasser nicht so schlimm. Ich tauchte möglichst vollständig unter und hoffte, auf diese Weise das Ungeziefer zu ertränken, die Unterwäsche hatte ich bereits vorher unter Wasser gesetzt. Tatsächlich wurde ich die Quälgeister los. Vermutlich hatte Hans-Ulrich sie von seiner wochenlangen Odyssee durch die Ostzone mitgebracht.

Wo traf ich Ellen wieder? Ich glaube, es war beim Milchmann. Mit ihrer Milchkanne stand sie als Letzte der langen Schlange vorm Laden, als ich ankam. Sie wohnte im Hohenstaufenring und hatte deshalb eigentlich nicht zu meinen Spielfreundinnen gehört.

Doch bevor wir Kinder 1941 und dann nochmals 1943 mit der KLV aus Kiel evakuiert wurden, war sie manchmal in die Kantstraße gekommen. Hier wollte sie auf dem glatten Asphalt Rollschuh laufen, denn der Hohenstaufenring war mit Steinen gepflastert. Wenn ich damals das typische Geräusch ihrer Rollschuhe hörte, holte auch ich schnell meine aus dem Keller, um sie mit den beiden Lederriemen unter meine Halbschuhe zu schnallen. Kam Ellen dann aus Richtung Kronshagener Weg wieder zurück, war ich schon auf der Straße. Sie bremste vor mir, indem sie mit ausgestellten Füßen in einer eleganten Kurve über die gesamte Breite der Fahrbahn rollte. Einmal waren wir auf Rollschuhen sogar bis zur Theodor-Storm-Straße gelaufen. Und dies nur, weil wir dort in der überbreiten Straßenmündung zum Hohenzollernring eine unglaublich weite Kurve rollen konnten! Ich erinnerte mich auch an das Hochgefühl, fast schwerelos auf Rollen über den Asphalt zu sausen. Dies alles fiel mir wieder ein, nachdem ich Ellen unerwartet wiedergetroffen hatte. Rollschuh laufen konnte man auf unserer kaputten Straße inzwischen allerdings nicht mehr.

Wir beide freuten uns, in der anderen jetzt endlich eine Freundin in der Nähe gefunden zu haben. Sofort verabredeten wir uns, noch am gleichen Tag zusammen zum Jahrmarkt zu gehen, der tatsächlich keine drei Monate nach Kriegsende auf dem Wilhelmplatz stattfand! Schon von Weitem hörten wir das Gedudel der typischen Jahrmarktsmusik und liefen noch schneller, um ja nichts zu verpassen! Zunächst spazierten wir allerdings nur über den Rundweg, um uns einen Überblick zu verschaffen. Wir entschieden uns als Erstes für das Kettenkarussell, wo jedoch freche Jungs versuchten, uns an einer der Ketten festzuhalten, um uns dann mit ihrem Sitz anzurempeln. Danach ging es auf die Berg- und Talbahn. Sie wurde auch »Verlobungsbahn« genannt, da – zur Freude verliebter Paare – das Verdeck während der Fahrt für kurze Zeit geschlossen wurde. Leider konnten wir nicht auch noch die Schiffsschaukel ausprobieren. Denn uns war eingefallen, dass dabei unsere Röcke hochfliegen würden und die Leute unsere vielfach gestopften Schlüpfer sehen könnten! Wir beschlossen, morgen unsere schwarze Turnhose darüber anzuziehen. Damit wäre das Problem gelöst.

Als wir den Jahrmarkt nach längerer Zeit wieder verlassen wollten, kamen wir am Riesenrad vorbei. Kurz entschlossen stellten wir uns an die Schlange der Wartenden: Einmal damit zu fahren – ein Traum!

In der Schlange ging es sehr langsam voran. Wir standen bereits zwei Stunden, als plötzlich Tante Hanna bei uns auftauchte: »Ach, hier bist du? Wir machen uns Sorgen, wo du bleibst, Gerda, es ist doch schon Abendbrotzeit!« Mit Ellens Unterstützung konnte ich Tante Hanna dann davon überzeugen, dass wir jetzt, nachdem wir schon so lange angestanden hatten, unmöglich aufgeben könnten! Ich weiß nicht mehr, ob unsere Wartezeit dann insgesamt drei oder tatsächlich vier Stunden dauerte. Die Fahrt auf dem Riesenrad hatte sich jedenfalls gelohnt. Wenn auch der weite Blick über die Stadt eintönig war: Trümmer über Trümmer und vereinzelte Ruinen – nur der Rathausturm stand noch!

Ellen und ich waren inzwischen beste Freundinnen geworden. Zu Zeiten, wenn die Obstbäume kahl waren, konnten wir einander sogar zuwinken oder per Handzeichen Nachrichten übermitteln, wenn sie auf ihrem Küchenbalkon stand und ich in unserem Garten. Wir hatten natürlich auch einen Erkennungspfiff, und von Ellen übernahm ich ihren Familienruf, nicht »Uhu!«, sondern »Eule!«

Bereits am 28. August gab es die erste Theater-Aufführung nach dem Krieg! Die Niederdeutsche Bühne spielte im Saal vom »Clubhaus des Westens«

das Stück »Dumen up'n Büdel« von Friedrich Lange. Tante Hanna hatte mich mitgenommen. Zwar konnte ich kein Plattdeutsch sprechen, aber doch ausreichend gut verstehen. Das hatte ich während meiner Zeit in Beschendorf gelernt. Wir saßen auf einer Art Balkon. Er befand sich im oberen Wohnbereich des Gebäudes, in dem Tante Hanna in ihrer Eigenschaft als Wohnungsfürsorgerin Leute untergebracht hatte. Um zu unseren Plätzen zu gelangen, gingen wir durch einen Seiteneingang, dann eine Treppe hinauf und über einen breiten Flur, der auf den Balkon mündete. Dort durfte ich später fast alle Aufführungen der Niederdeutschen Bühne mit Karl Wedemeyer oder unter dessen Regie sehen.

Jeden Tag mussten wir vor einem oder mehreren Geschäften in endlos langer Schlange anstehen. Das war öde, anstrengend und häufig auch erfolglos, wenn es kurz, bevor man an der Reihe war, »Ausverkauft!« hieß. Manchmal lösten Anna und ich uns ab beim Schlangestehen, das bis zu vier Stunden dauern konnte. Damit war aber erstmal Schluss, denn Anna musste Steine klopfen. Eines Tages waren alle Kieler im Alter von achtzehn bis vierzig Jahren aufgerufen worden, sich zu einer bestimmten Zeit auf dem

Rathausplatz einzufinden. Solche Aufforderungen wurden damals von der Bevölkerung immer so aufgefasst, dass man bei einer Weigerung wahrscheinlich keine Lebensmittelkarten mehr bekommen würde.

Wie Anna dann zu Hause berichtete, hatten sich überwiegend Mädchen und Frauen gemeldet. Sie wurden einer Firma als Bauhilfsarbeiterinnen zugeteilt und mussten eine bestimmte Anzahl Wochenstunden »Steine klopfen«. Das bedeutete, die Mauersteine der zertrümmerten Gebäude mit einem Hammer von Mörtel zu befreien und anschließend für eine Wiederverwendung zu ordentlichen Türmen zu stapeln. Arbeitshandschuhe hatten sie natürlich nicht, und den Hammer mussten sie von zu Hause mitbringen. Anna zeigte mir nach einigen Tagen ihre Hände. Sie waren rissig geworden, an einigen Stellen hatten sie geblutet. Wenn es regnete, fand sie es ziemlich ungemütlich auf dem Bau, wie sie mir erzählte, doch an warmen Sommertagen arbeitete sie eigentlich ganz gern als Steineklopferin. Dann saßen die Mädchen und Frauen beim Arbeiten im Sonnenschein auf dem Trümmergrundstück in der Eichhofstraße und klönten miteinander. Manchmal stimmte eine von ihnen auch ein Lied an. Die Baufirma zahlte einen geringen Lohn.

Als Anna ein- oder zweimal verhindert war, habe ich sie als Steineklopferin vertreten, denn es wurde eine Anwesenheitsliste geführt. Leider war es an diesen Tagen kalt, es regnete, die Stimmung auf dem Bau war schlecht. Ich war froh, als die Stunden endlich vorüber waren. *Freiwillig* Steine geklopft hatten wir und andere Nachbarn übrigens auch schon vorher, und zwar bei Familie Witt, deren Haus Nummer 66 schräg gegenüber von uns, zerstört worden war. Es standen jedoch noch die tragenden Wände auf dem intakten Keller. Witts wollten ihr Haus selbst wieder aufbauen und schafften es dann auch.

Vater hatte inzwischen manchmal für die Fahrt nach und von Eutin sogar ein Auto mit Fahrer zur Verfügung. Einmal durfte ich mitfahren nach Eutin. Die folgende Nacht schlief ich im »Voßhaus« in Vaters Zimmer, denn sein Mitbewohner befand sich gerade außerhalb der Stadt – dass fremde Leute sich ein Hotelzimmer teilen mussten, war normal. Im Voßhaus erhielt ich mittags sogar eine Suppe. Vater spazierte mit mir durch den Schlossgarten, zeigte mir das Schloss und den »Musentempel«, wir gingen am Großen Eutiner See entlang und kamen auch bis zum

Kellersee und zum Ukleisee. Es war schön, in dieser vom Krieg kaum berührten Stadt zu sein und einmal keine Trümmer zu sehen! Vater und Mutter beabsichtigten, mit der Familie dorthin überzusiedeln, ein Grundstück am Kleinen Eutiner See war bereits ins Auge gefasst worden.

Für Anna war das Steineklopfen bald vorbei. Sie war vom Schulamt aufgefordert worden, sich dort zu melden, denn ab Oktober sollten die Schulen wieder geöffnet werden. Lehrkräfte, die aufgrund ihrer Angaben auf dem Fragebogen bereits »entnazifiziert« waren, gab es jedoch erst wenige. Zudem waren viele gefallen oder noch in der Kriegsgefangenschaft. Anna hatte nach der Mittleren Reife mit der dreijährigen Ausbildung auf der Staatlichen Lehrerbildungsanstalt (LBA) in Ahrensbök begonnen. Sie hatte sie jedoch nicht regulär abschließen können, da Ende 1944 die Anstalt kriegsbedingt geschlossen worden war.

Als »Schulhelferin« sollte sie nun in einer fünften und sechsten Klasse in Kiel-Hammer unterrichten. Die Kinder waren zum großen Teil Flüchtlinge und viele von ihnen bereits älter als normalerweise in dieser Klassenstufe. Es gab noch keinen aktuellen Lehrplan, keine Schulbücher – wegen ihres politisch gefärbten Inhalts waren sie sämtlich von der Besatzungsmacht verboten worden –, keine Hefte, kaum Papier und zum Schreiben höchstens Bleistifte oder deren Stummel.

Von ihrer schwierigen Aufgabe wurde Anna allerdings sehr bald abrupt entbunden. Zwei Polizisten waren mitten in eine Unterrichtsstunde geplatzt, um sie vor den Augen der erschrockenen Kinder nach draußen zu führen. Dort erklärten sie, sie hätte gar nicht unterrichten dürfen, da sie noch nicht entnazifiziert worden sei – ein Versäumnis des Schulamtes! Sie rieten ihr, zur Entnazifizierungsstelle zu gehen und dort den notwendigen Fragebogen auszufüllen. Das tat sie noch am gleichen Tag. Vater wurde fuchsteufelswild, als er von der Sache erfuhr, nachdem er am Wochenende aus Eutin gekommen war!

Da das Auswerten des Fragebogens immer eine Weile dauerte, wurde Anna zunächst als Hospitantin ohne Gehalt in der Volksschule Sternstraße beschäftigt, im neuen Jahr dort aber wieder als Schulhelferin; der Fragebogen hatte die »Stufe 5 entlastet« ergeben. Ihr wurden zwei erste Klassen anvertraut mit jeweils über fünfzig einheimischen und geflüchteten Mädchen, die sich in die wenigen noch vorhandenen Bänke quetschten. Wegen Raummangels musste der

Unterricht in vier Schichten bis zum frühen Abend erteilt werden. Damals war Anna ja erst achtzehn Jahre alt und bis auf ein Praktikum während ihrer verkürzten Ausbildung ohne pädagogische Erfahrung. Doch sie kam gut zurecht, wie sie zu Hause berichtete, die Arbeit machte sie gern. Etwas erleichtert wurde ihr die verantwortungsvolle Aufgabe dadurch, dass die Schulanfängerinnen sehr brav waren. Sie freuten sich, endlich etwas lernen zu dürfen.

Sowie die Witterung es erlaubte, ging sie mit den Kindern aus dem engen Klassenraum nach draußen auf den Schulhof. Dort brachte sie ihnen Singspiele und einfache Volkstänze bei oder ließ sie um die Wette rennen. »Dann können sie sich mal frei bewegen und Krach machen«, sagte Anna bei einem der abendlichen Gespräche in unserer Dachkammer, »wo sie doch sonst immer still sein müssen.« Sie meinte damit die Mädchen aus dem Flüchtlingslager an der Eckernförder Straße, wo die Familien zusammengepfercht in Nissenhütten untergebracht waren. Diese Hütten bestanden aus zum Halbrund zusammengesetzten Wellblechteilen, die keinerlei Isolierung besaßen. Anna hatte Eltern ihrer Schülerinnen dort besucht und anschließend zu Hause erschüttert davon berichtet: Von den erbärmlichen Bedingungen, unter

denen die Leute leben mussten, von auf halber oder
Kopfhöhe gespannten Leinen, an denen sie Tücher
oder Decken befestigt hatten, womit sie versuchten,
den ihnen zugeteilten Bereich in der langgestreckten
Hütte etwas abzugrenzen, von zu wenigen Betten,
von völlig unzureichenden sanitären Einrichtungen
für zu viele Menschen und von Ähnlichem.

Auch für mich begann wieder der Schulunterricht,
allerdings erst im November, wenige Wochen vor
den Weihnachtsferien. Die Hindenburg-Schule – wie
die Käthe-Kollwitz-Schule damals noch hieß – war
zum Teil zerstört. Ein ganzer Gebäudetrakt sowie die
oberen Stockwerke des anderen fielen für den Unterricht aus, und so hatten auch wir Schichtunterricht.
Das gefiel mir eigentlich recht gut, denn bei Nachmittagsunterricht konnte ich morgens länger schlafen. Wir kannten dies bereits aus den Jahren 1941 und
dann auch wieder 1942/43, als wir im Gebäude des
Alten Gymnasiums in der Dammstraße unterrichtet
wurden.

Ich freute mich, meine Mitschülerinnen aus der
KLV-Zeit wiederzusehen. Unbekannte Mädchen waren natürlich auch hinzugekommen – Flüchtlinge aus
dem Osten. Wir hatten jetzt einige neue Lehrkräfte.
Waren es während des Krieges überwiegend

Lehrerinnen gewesen, kamen nun Lehrer dazu. Für uns war dies zunächst etwas ungewohnt.

Nach wie vor waren wir immer hungrig – ein Gefühl der Sättigung nach einer Mahlzeit wurde selten erreicht. Und so drehten sich unsere Gedanken, Vorstellungen, Gespräche überwiegend ums Essen. Wir erinnerten uns an unsere früheren Lieblingsgerichte, an eine besondere Mahlzeit oder an ein Festessen, an Schokolade, Himbeerbonbons, Buttercremetorte, Schlagsahne, Mayonnaise, Marzipan und Ähnliches. Manchmal blätterte ich in Mutters dickem Kochbuch und stellte mir dabei vor, wie es wäre, wenn nach diesen Rezepten wieder gekocht werden könnte.

Einmal hatten wir aus irgendeiner Quelle eine Flasche Lebertran erhalten. Da in unserer Speisekammer kein anderes Fett vorhanden war, tat Anna davon etwas in die Pfanne, als sie endlich einmal wieder Pfannkuchen essen wollte. Tapfer haben wir die sogar vertilgt – trotz des Fischgeschmacks. Bis auf Anna, die schon beim Zubereiten gegen Übelkeit zu kämpfen gehabt hatte. Tante Hanna bekam einmal eine Dose mit Kakaopulver geschenkt. Sie stammte von einem Berufstaucher, der an den versenkten Kriegsschiffen im Kieler Hafen zu arbeiten hatte. Die

Dose war wohl nicht ganz dicht geblieben, denn das Pulver schmeckte ziemlich salzig. Doch uns störte dies nicht: Kakao war Kakao! Wie lange hatten wir nichts Schokoladiges mehr gehabt!

In der ersten Nachkriegszeit kamen viele Besucher zu uns ins Haus – Freunde meiner Eltern, die sehen wollten, ob und wie unsere Familie die Nazizeit und den Krieg überlebt hatte. Auch hatten frühere Weggenossen aus der gemeinsamen Heimatstadt Flensburg ihren Söhnen, die sich in Kiel um einen Studienplatz bemühten, unsere Adresse als Anlaufstelle genannt. Als Erster saß eines frühen Winterabends in unserer kleinen Küche ein blonder junger Mann auf der Kochkiste und lächelte freundlich, als ich reinkam.

Die Kochkiste war ein nützliches Küchenmöbel. Sie bestand aus stabilem Holz mit einem Klappdeckel. Zwar gab es wieder Gas, doch nur kurz und nur zu bestimmten Zeiten. Dann kochte Mutter – zum Beispiel am frühen Morgen – unser Mittagessen und stellte den heißen Topf mit fest verschlossenem Deckel in die Kochkiste. Darin hielt sich das Gericht zwischen alten Decken und Bettzeug bis zur Mittagszeit warm.

Der junge Mann sei Heini Brömel, erklärte Mutter. Er war der Sohn von Flensburger Jugendfreunden meiner Eltern und von Tante Hanna. Über Tante Hanna, die bei Brömels hin und wieder eingehütet hatte, als Heini und seine Schwester Ilse noch klein waren, blieben die Familien in Verbindung. Heini und Ilse nannten meine Eltern Tante Marga und Onkel Johann.

Jetzt berichtete er von einem »Vorsemester« an der Universität, für das er einen Platz erwischt hatte, und nun suchte er eine Bude. Tante Hanna konnte ihm dann eine Dachkammer in Hassee vermitteln. Statt eines Abiturzeugnisses besaß er nur einen sogenannten »Reifevermerk«. Diesen hatten diejenigen Jahrgänge erhalten, die vor dem Abitur zum Militärdienst eingezogen worden waren. Im Vorsemester konnten sie nun die für ein Hochschulstudium erforderlichen Kenntnisse und Fähigkeiten erwerben und darüber am Ende eine Prüfung ablegen. Für das Vorsemester war allerdings ein sehr gutes letztes Schulzeugnis erforderlich. Die anderen betroffenen jungen Leute mussten nach ihrem Kriegseinsatz wieder zur Schule gehen und eine reguläre Abiturprüfung ablegen.

Uwe Lorenzen, Sohn des Rektors der Lägerdorfer

Schule, in der Vater bis 1933 Lehrer gewesen war, suchte ebenfalls eine Unterkunft. Er hatte einen Studienplatz für Medizin erhalten. Solange mein Bruder noch in Kriegsgefangenschaft war, kam er in Fritz' winzigem Zimmer unter. Er wurde uns allen ein lieber Hausgenosse.

Mindestens einmal in der Woche sägten Anna und ich Kleinholz für die Brennhexe. Vater fiel für diese Arbeit aus, da er in Eutin war und nur am späten Sonnabendnachmittag für ein kurzes Wochenende nach Hause kommen konnte.

Auf unserem Hof befand sich ein Sägebock, auf dem das Brett oder Holzstück positioniert wurde. Wir standen einander gegenüber, während wir mit der Bügelsäge kleine Brettstücke absägten. Die schlugen wir auf dem Holzbock mit dem Beil zu Kleinholz, denn die Brennhexe nahm nur kurze schmale Stücke an. Das Holz stammte von Trümmergrundstücken. Schwieriger war es, wenn wir dickere Holzklötze in Scheite spalten mussten. Meine Kräfte reichten dafür nicht aus, und so musste Anna dies allein erledigen. Die Scheite brauchten wir für den Ofen, den wir bald durch einen Tauschhandel erwerben konnten.

Diese Holzzerkleinerungsarbeiten verrichteten

wir eigentlich ganz gern. Manchmal sangen wir im Takt der Säge dazu Volkslieder, bei denen ich eine freie zweite Stimme übernahm. Wenn Mutter uns singen hörte, guckte sie manchmal aus dem Küchenfenster. Offensichtlich freute sie sich, dass wir vergnügt waren – trotz des Elends ringsum.

Die Lebensmittelrationen für Normalverbraucher wurden immer geringer. Oft war auch das, was zur »Zuteilung aufgerufen« worden war, in den Geschäften gar nicht vorhanden. Einige Gruppen – wie zum Beispiel Schwerarbeiter, Schwangere, Stillende und Jugendliche – hatten Anspruch auf etwas erhöhte Lebensmittelzuteilungen. So erhielt ich als Jugendliche für eine Dekade etwa 15 g Fett zusätzlich, und Mutter achtete darauf, dass ich sie am Familientisch auch bekam. Manchmal gab es etwas »ohne« (ohne Marken), wie zum Beispiel Fisch, Gemüse, Obst, Schweineblut (für Schwarzsauer), Molkenpaste (Brotaufstrich) oder geräucherte Kuheuter (doppelte Menge für eine Fleischmarke). Die Nachricht darüber verbreitete sich immer wie ein Lauffeuer, und wir mussten uns dann auf sehr langes Schlangestehen gefasst machen.

Irgendwann wurde Schwarzbrot durch Maisbrot ersetzt – der Mais kam als eine der Hilfslieferungen aus den USA. Wie wir später erfuhren, soll es sich dabei um einen Übersetzungsfehler gehandelt haben. Statt um Getreide/Korn (grain) war um corn (Mais) gebeten worden. Das Brot sah gelblich aus, war sehr fest gebacken und schmeckte merkwürdig. Aber es war besser als nichts! Als wir später einen Ofen hatten, legten Anna und ich die Brotscheiben für kurze Zeit auf dessen warme Oberfläche. Wir fanden, dass sie danach viel besser runterzukriegen waren.

Einmal klingelte eine fremde Frau bei uns. Es war Ende November. Mutter und ich waren gleichzeitig an der Tür. Die Frau stellte sich mit Namen vor, ihr Mann sei Lehrer in X. – »Ja?«, fragte Mutter. – »Wir möchten Herrn Schulrat Ohrtmann und seiner Familie eine schöne Adventszeit wünschen«, sagte die Frau und reichte Mutter eine geöffnete Tasche. Darin sahen wir ein gerupftes fettes Huhn. »Danke«, sagte Mutter, während sie die Tasche zurückgab, »mein Mann ist Beamter, und da darf ich keine Geschenke annehmen!« Oh, dachte ich, aber es ist doch so ein schönes fettes Huhn! – »Mein Mann«, sagte die Frau schnell, »weiß hiervon natürlich nichts!« – »Trotzdem, nehmen Sie das Huhn bitte wieder mit!« – »Aber wir haben es doch nur gut gemeint!« Die Frau begann zu weinen. »Nun muss ich die schwere Tasche den ganzen Weg wieder zurückschleppen! Bin schon von der Hintour völlig kaputt!«

Inzwischen war Tante Hanna von oben aus ihrem Zimmer gekommen. Sie guckte in die Tasche und sagte: »Wissen Sie was? Ich kaufe Ihnen das da einfach ab, und dann sind sie das Ding los!« Vater durften wir von diesem Handel natürlich nichts erzählen. Als es am Sonntag Hühnersuppe gab und er sich darüber wunderte, murmelte Tante Hanna etwas von einem »Geschenk einer alten Bekannten«.

Seit Kurzem besaßen wir eine Karbidlampe. Jetzt mussten wir bei den täglichen Stromsperren nicht mehr im Dunkeln sitzen, denn unser Kerzenvorrat war schon längst aufgebraucht. Die Lampe stand auf dem Küchentisch, und wenn ich auf der Kochkiste saß, war es hell genug, um Schularbeiten zu machen oder um zu lesen. Doch leider strömte die Lampe einen unangenehmen Geruch aus – kurz gesagt: sie stank!

Der Dachdecker, der früher einmal unser Dach geflickt hatte, fragte bei Mutter an, ob es bei uns vielleicht noch das hübsche Puppenhaus gäbe. Er hätte es damals auf unserem Dachboden gesehen. »Ja«, sagte sie, »es gehört meiner Tochter Gerda.« – »Ich hätte es so gern für meine Jüngste zu Weihnachten! Es gibt ja sonst nichts zu kaufen!« Er stand bei uns in der

Küche und sah sich um. »Haben Sie gar keinen Ofen?« – »Nein«, sagte Mutter, »woher sollte ich denn wohl einen kriegen, das ist ja unmöglich heutzutage!« – »Ich glaube«, meinte der Dachdecker, »ich hab da noch einen im Schuppen stehen, den könnte ich zur Not vielleicht entbehren.« – »Oh, wenn Sie uns den geben könnten …«, sagte Mutter, »dann kriegen Sie dafür auch das Puppenhaus«, sie sah mich an, »nicht Gerda?« Ich nickte. Ohnehin war ich mit dreizehn Jahren schon zu alt, um damit zu spielen. Aber es war ein wirklich wunderschönes Puppenhaus! Es war dreistöckig. Unter dem Giebeldach besaß es ein Schlafzimmer, darunter ein Wohnzimmer, im Erdgeschoss eine Küche, ein Klo mit hochklappbarer Holzbrille (in keinem anderen Puppenhaus, das ich kannte, war ein Klo! Geschweige denn so eins!) und eine Veranda mit Sonnenjalousie, alle Räume waren möbliert, und an den Fenstern hingen Gardinen.

Tatsächlich brachte der Dachdecker bald den Ofen, stellte ihn in unserem Esszimmer auf und führte ein Abzugsrohr in den Schornstein. Da es keine Kohlen gab, musste der Ofen mit Holz geheizt werden, das natürlich auch knapp war. Deshalb konnte er nur am Wochenende befeuert werden.

An das erste Nachkriegsweihnachtsfest habe ich nur wenige Erinnerungen. Darüber wundere ich mich heute, war es doch nach den zwei Jahren in der Kinderlandverschickung das erste Weihnachten, das ich wieder mit meiner Familie erlebte. Ich weiß aber noch, dass wir sogar einen Tannenbaum hatten. Anna hatte ihn besorgt. Sie war einfach zur Stadtmission gegangen und dann tatsächlich mit einer mittelgroßen Tanne zurückgekommen. Man hatte sie dort offenbar in guter Erinnerung behalten von ihren früheren freiwilligen Einsätzen bei der Erdbeerernte während der Sommerferien. Der Tannenbaum stand im Wohnzimmer an seinem gewohnten Platz. Mutter hatte ein paar Kerzenstummel gehortet, die sie in die Halterungen steckte. Schon frühmorgens am 24. Dezember heizte Vater den Ofen im Esszimmer an und zog vor der Bescherung den Vorhang aus dickem Stoff zwischen unseren beiden unteren Räumen zurück, damit es auch im Wohnzimmer etwas »beschlagen« wurde.

Sehr gut erinnere ich mich nur an unseren Weihnachtsspaziergang »um den Block«, der traditionell immer nach dem Abendessen stattfand. Zum ersten Mal nach sechs Jahren Krieg waren die Fenster der Häuser nicht mehr verdunkelt, man sah Licht in den

Wohnungen und manchmal auch einen Tannenbaum mit brennenden Kerzen.

Die Geschenke waren überwiegend selbst gemacht. So hatte Mutter auf der Nähmaschine Hausschuhe für Anna und mich angefertigt. Für die Sohle hatte sie aus Resten eines alten Wintermantels mehrere Lagen aufeinander gesteppt und danach den Füßling – ebenfalls aus Stoff – mit der Hand drangenäht. Die Oberseite hatte sie mit gestickten Sternen und Punkten aus rotem Garn verziert.

Wir Schwestern verschenkten Lesezeichen, Täschchen, Schreibmappen und Ähnliches. Das Material dafür hatten wir von einem Nachbarn bekommen. Als Beschäftigter beim Gesundheitsamt musste er bei den Aufräumarbeiten des zerstörten Gebäudes mithelfen. Dabei hatte er in den Trümmern Röntgenaufnahmen gefunden, die niemandem mehr zugeordnet werden konnten. Davon schenkte er uns einen dünnen Stapel. Wir wischten die Abbildungen der kranken Lungen oder anderer Organe gründlich ab und hatten so gutes Bastelmaterial. Zwischen zwei dieser Folien legten wir gepresste Blumen, Blätter, Gräser, eine Zeichnung oder ein Foto. Danach lochten wir die Folienränder und nähten jeweils zwei dieser ehemaligen Röntgenbilder mit Garnresten im

Schrägstich zusammen.

Als Festessen an den Feiertagen gab es vermutlich Kaninchenbraten; inzwischen hatten wir wieder zwei Ställe mit mehreren Tieren. Schlachter Tanck hatte früher für uns das Töten und Abziehen des Kaninchens erledigt. Doch er war noch an einem der letzten Kriegstage umgekommen, und zwar in einem »Pilz« (Einmannbunker, in dem aber immer mehrere Leute standen).

Anna erzählte mir später, Vater hätte äußerst widerstrebend das Schlachten übernommen, sie selbst hätte dann aber dem Kaninchen »das Fell über die Ohren gezogen«. Das Fell wurde mit der behaarten Seite nach innen straff auf ein stabiles Brett genagelt, damit außen die Hautseite trocknen konnte. Mutter hatte diese Seite vorher mit Salz abgerieben. Nach dem Trocknen walkte sie das Fell, bis es etwas geschmeidig geworden war. Mit einem Futter aus alten Stoffresten wurde es ein weicher Bettvorleger.

Den Altjahrsabend verlebten wir im Familienkreis mit Frau Hamann (seit Kindertagen für mich »Tante Hamann«). Von ihrer Wohnung in der Geibelallee war es für die ältere Dame nur ein kurzer Fußweg zu uns. Anna war bereits vor dem Abendbrot losgezogen, um mit ihrer Clique zu feiern. Sie kam erst am

Neujahrsmorgen nach Hause und wurde deshalb von Vater mit einem kräftigen Donnerwetter empfangen! Die curfew war für diese Nacht zwar etwas nach hinten verschoben worden, doch nicht so weit, dass Anna noch vor deren Beginn hätte nach Hause kommen können. Das hätte nicht nur sie, sondern auch die anderen ihrer Gruppe betroffen, erklärte sie Vater. Alle seien müde gewesen und hätten ungeduldig den Morgen erwartet. Ihre Erklärungsversuche waren jedoch vergebens – Vater blieb ärgerlich. »Er denkt wohl, wir hätten sonst was gemacht!«, sagte Anna zu mir, »und das trifft mich am meisten!«

1946

Die letzte Eintragung in meinem Aufsatzheft, Klasse 3a, stammte vom 23. März 1945, die nächste erst wieder vom 21. Januar 1946! Das Thema war zeitgemäß:

21.1.46.   Nr. 1 Klassenaufsatz.

Eine Wohnung wird wieder

hergerichtet.

Prüfend wird das beschädigte Gebäude besichtigt. „Dieses Haus müßte auch noch wieder aufgebaut werden", sagt bemerkt der Herr von der Baupolizei zu seinem Begleiter, indem er die Wohnung untersucht. Schnell notiert er die Straße und Hausnummer des gemeinten Hauses; und schon nach einigen Tagen kann man eine Kolonne von Arbeitern und weiblichen Arbeitskräften dort hin-

»21.1.46   Nr. 1 Klassenaufsatz«

»Eine Wohnung wird wieder hergerichtet

Prüfend wird das beschädigte Gebäude besichtigt. „Dieses Haus müsste auch noch wiederaufgebaut werden", bemerkt der Herr von der Baupolizei zu seinem Begleiter, indem er die Wohnung untersucht. Schnell notiert er die Straße und Hausnummer des gemeinten Hauses; und schon nach einigen Tagen kann man eine Kolonne von Arbeitern und weiblichen Arbeitskräften dorthin ziehen sehen. Die Mädchen suchen sich einen geeigneten Platz, wo sie ungestört Steine klopfen können, die Männer packen ihre Spitzhacken an und schlagen kräftig auf die Trümmer, um sie aus der steinharten Erde zu kriegen. – So geht es Tag für Tag; und jedes Mal, wenn wir diesen Arbeitsplatz beobachten, können wir deutlich erkennen, daß hier fleißig gearbeitet wird. Die geputzten Steine sind zu riesigen Türmen gestapelt, Schutt liegt fast überhaupt nicht mehr herum, denn er ist schon längst mit Lastwagen abgefahren worden. Heute sind gerade Maurer gekommen, um das Haus wirklich wieder <u>herzustellen.</u> Sie mischen Zement mit Sand und Kalk und verputzen damit die Mauersteine. Tatsächlich wächst die Mauer zusehends. Bald ist die Wohnung wetterfest, nachdem auch noch das Dach gedeckt worden ist. Jetzt wird nur noch für die Schönheit der einzelnen Zimmer gesorgt, indem die Mauern und Decken fachmännisch verputzt werden, und, wenn sie richtig ausgetrocknet sind, gestrichen werden. Nach ungefähr einem Vierteljahr kann dann der glückliche Besitzer in seine wieder hergestellte Wohnung ziehen.«

Im März war im Musikunterricht gefragt worden, wer bei einer Veranstaltung im Rathaus in einem Chor mitsingen wolle. Ich meldete mich sofort. Es handelte sich um die Verabschiedung von Oberbürgermeister Dr. Otto Tschadek, der Österreicher war und nach Wien ging – man hatte ihn dort in den Nationalrat gewählt. Wir standen auf der Galerie des Ratssaals und sangen den Kanon »Lebe wohl, Glück leite dich, bist du fern, so denk an mich!« Es war eine feierliche Veranstaltung mit etlichen Reden vor schwarz gekleideten Männern und für uns schrecklich langweilig.

Vater war ab April nicht mehr Schulrat in Eutin, sondern arbeitete nun als Regierungs- und Schulrat im Kultusministerium in Schleswig – die vom Krieg verschonte kleine Stadt war Regierungssitz des Landes geworden. Die geplante Übersiedelung unserer Familie nach Eutin hatte sich damit erledigt. Im Gegensatz zu meinen Eltern war ich froh darüber, denn ich hing sehr an unserem Haus in der Kantstraße, dem Garten und an Kiel – dies trotz der Trümmer ringsum.

Da die Verkehrsverbindungen immer noch sehr schlecht waren, konnte Vater nur am Wochenende nach Hause kommen. Und zwar mit dem Postbus, denn der Zug brauchte viel zu lange. Neben anderen Dingen kümmerte er sich dann um die Bestellung unseres Hausgartens und hier besonders um seine Tabakpflanzen. Eine bestimmte Anzahl durfte privat zollfrei angebaut werden. Dank seiner Pflege gediehen sie sehr gut. Nach der Ernte und Weiterbehandlung hatte er dann neben den Zigaretten, die ihm auf der Raucherkarte zustanden, hochwillkommene Extrarationen Pfeifentabak.

Mutter war die Tabakplantage allerdings ein Dorn im Auge, nahm sie doch Anbaufläche für Gemüse weg. Außerdem mussten die Tabakblätter nach dem Trocknen fermentiert werden, und dabei stand Vater ihr in der kleinen Küche im Weg. Die Fermentierung war offenbar eine Wissenschaft für sich. Ich sah Vater oft mit anderen Nachbarn zusammenstehen, während sie lebhaft und ausdauernd über das dafür beste Rezept diskutierten. Oder wie man den Tabak noch strecken konnte, zum Beispiel mit Rosenblättern. Nach der Fermentierung wurden die Tabakblätter im Backofen getrocknet und danach gepresst. Als Letztes schnitt Vater sie auf Mutters Tranchierbrett mit seinem scharfen Taschenmesser sorgfältig in feine Streifen.

Ich hatte mich für den Kirchenchor unserer Gemeinde gemeldet. Ellen hatte mich dazu gebracht, denn sie sang dort bereits mit. »Und es gibt jedes Mal sogar fünfundzwanzig Pfennig!«, sagte sie. Unsere Vicelin-Kirche, in der ich früher eine Zeitlang den Kindergottesdienst besucht hatte, gab es allerdings nicht mehr. Im April 1945 war sie von Bomben zerstört worden, und jetzt fand das kirchliche Leben im Gemeindehaus statt. Als Kantorin und Organistin ohne Orgel behalf Fräulein Agnes Hullmann sich dort mit einem Harmonium.

Meine Eltern hatten mich auch endlich für den zwei Jahre dauernden Konfirmanden-Unterricht angemeldet. Sie hatten meine Konfirmation etwas hinausgeschoben in der Hoffnung auf bessere Zeiten. Doch die würden wohl noch lange auf sich warten lassen, denn gerade war die uns täglich zustehende Kalorienmenge auf 1000 gesenkt worden.

Wie üblich, sollten wir Konfirmanden regelmäßig den sonntäglichen Gottesdienst besuchen. Da Ellen und ich jedoch hinten im Kirchenchor mitwirkten, befanden wir uns etwas außerhalb des Blickfelds von Pastor Plath. Ich nutzte dies aus. Statt seiner Predigt zu lauschen, las ich lieber weiter in meinem mitgebrachten Buch. Ellen berichtete mir dann auf dem

Nachhauseweg getreulich das, was sie von der Predigt behalten hatte. Eigentlich mochte ich unseren Pastor gern, sein »Konfer« war nicht so pastoral steif, wie ich erwartet hatte. Wenn wir beim Aufsagen von zu lernenden Texten stockten, sagte er – an uns gewandt: »Ach, ihr Oberschüler, euch brauche ich ja gar nicht abzuhören, ihr könnt das doch sowieso!« Das fand ich nett.

Und so gingen wir gern hin – natürlich auch, weil Jungs dabei waren. Mit ihnen neckten wir uns, wenn wir in kleinen Gruppen nach Hause gingen. Kurt war besonders frech und schlagfertig. Bald begannen wir untereinander Nachrichten auszutauschen. Briefkasten für unsere Korrespondenz wurde ein Loch in der Haustür von Ellens Mietshaus. Offenbar hatte ein FLAK-Splitter dafür gesorgt, dass wir darin die klein zusammengefalteten Zettel verstecken oder mühsam rauspulen konnten. Unsere Briefe führten allerdings zu nichts. Ellen und ich hörten damit auf, als wir merkten, dass Kurts Texte zu viele orthografische Fehler aufwiesen.

Eines Tages fanden wir unsere herabhängenden Zöpfe nicht mehr passend. Wir legten sie zu einem »Gretchenkranz« um den Kopf, steckten sie mit Haarnadeln fest und kamen uns sehr erwachsen vor.

Ellen war blond, ich brünett. Häufig hakten wir einander unter, wenn wir loszogen auf der Suche nach …, ja, wonach eigentlich? Vermutlich hofften wir, irgendetwas Spannendes, Einmaliges zu erleben!

Fritz hatte mir mit einer Karte aus der Kriegsgefangenschaft zu meinem 14. Geburtstag gratuliert. Er schrieb: »… ich kann mir gar nicht denken, wie Du jetzt aussiehst…«. Als wir uns das letzte Mal gesehen hatten, war ich ein elfjähriges Kind gewesen. Damals, im September 1943, hatte er mich im KLV-Lager besucht, bevor er an die Front musste. Um ihn zu treffen, hatte ich eine Stunde freibekommen.

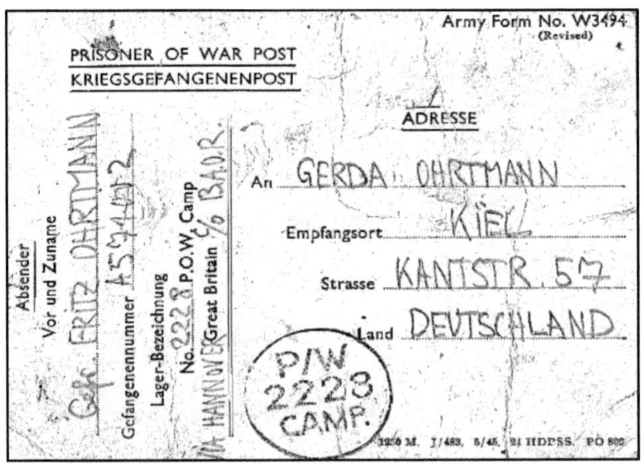

Kriegsgefangenenpost

Am ersten Mai gingen Mutter und Vater mit Anna und mir zum Tanzen! So etwas hätte ich meinen Eltern niemals zugetraut! Heini war auch dabei. Es war der »Tanz in den Mai« – vermutlich eine Gewerkschaftsveranstaltung. Zu Fuß spazierten wir nach Hasseldieksdamm zur Gastwirtschaft »Waldesruh«. Doch ich musste die ganze Zeit nur zugucken, wie Heini und Anna tanzten, denn ich kannte die Schritte noch nicht. Anna erzählte mir erst viele Jahre später, ich hätte Mutter damals aufgefordert: »Sag Heini, er soll doch auch mal mit *mir* tanzen!« Aber er wollte wohl nicht, sondern zeigte mir nur mit den Fingern die Schritte auf der Tischdecke.

Mittlerweile erschienen wieder richtige Zeitungen: »Kieler Nachrichten« und »Kieler Volkszeitung«, und zwar »Mit Genehmigung der Militärregierung«. Dies galt für alle neuen Druckerzeugnisse. Wir hatten kurzerhand die erste Originalzeile eines bekannten Schlagers umgedichtet und sangen stattdessen »Mit Genehmigung der Militärregierung«.

Vermutlich aus der Zeitung erfuhr ich von der Kundgebung auf dem Wilhelmplatz, wo der SPD-Politiker Kurt Schumacher sprechen würde. Es war am 29. Mai. Ellen und ich gingen hin, denn wo etwas los war, wollten wir unbedingt dabei sein! Der Wilhelmplatz war buchstäblich schwarz von Menschen! Wir stellten uns an den Rand der Menge, konnten aber trotzdem beobachten, wie der von jahrelanger KZ-Haft entkräftete Politiker mühsam und mit Unterstützung aufs extra aufgebaute Podium kletterte. Seine Rede konnten wir jedoch weder akustisch, noch inhaltlich verstehen. Ich erinnere mich aber deutlich an seine kurzen, leidenschaftlich hervorgestoßenen Sätze, die von der Menge mit Zustimmung, manchmal auch mit Murren quittiert wurden.

Erst am nächsten Tag berichtete Ellen, ihr Vater sei aus der amerikanischen Kriegsgefangenschaft entlassen worden und schon seit gestern zu Hause. Ihre Mutter hätte vor Kurzem Nachricht darüber und auch über seine ungefähre Ankunftszeit in Kiel erhalten. Ellen hatte ihn dann im Treppenhaus gehört. »Ich glaub, Vati steht vor der Tür!«, hatte sie ihrer Mutter zugerufen. Und so war es dann auch! Ich freute mich für sie, war aber traurig, dass mein Bruder nicht auch zu den nach Hause Entlassenen gehörte. Wie Ellens Vater war er aus den USA nach Europa transportiert worden. Doch zunächst nur bis Belgien. Dort wurden die älteren Jahrgänge in die Heimat entlassen, die Jüngeren – Fritz war einundzwanzig – kamen als nun

britische Kriegsgefangene nach England. Dort sollten
sie beim Wiederaufbau arbeiten.

Ellen erzählte mir jetzt auch, Anfang 1945 sei eines Abends einer von der Partei zu ihnen gekommen.
»So ein Bonze«, sagte sie, »ich seh noch das dicke
Parteiabzeichen an seinem Mantel!« Er hätte zu ihrer
Mutter gesagt: »Ihr Mann ist vermisst, aber wahrscheinlich ist er tot!« Ihre Mutter wäre zunächst
stumm geblieben, hätte sich dann aber gestrafft und
erwidert: »Ist gut, gehen Sie jetzt bitte!« Als er weg
war, hätte sie Ellen erklärt: «Vati lebt!« Denn sie
glaubte fest an das, was eine Wahrsagerin ihr prophezeit hatte. Bald darauf war dann tatsächlich die Nachricht vom Roten Kreuz eingetroffen, dass er lebte und
in amerikanischer Kriegsgefangenschaft war.

Im letzten sehr strengen Winter hatte ich Froststellen
an den Füßen bekommen. Nach inzwischen über sieben Jahren Mangelwirtschaft besaß ich keine wirklich vor Kälte schützende Kleidung mehr, zudem war
ich aus allem herausgewachsen. Das betraf natürlich
alle anderen ebenso. Ein besonderes Problem waren
die Schuhe. Ich besaß ein Paar ausgetretene Halbschuhe, die Anna zu klein geworden waren, und nicht
mehr ganz dichte Gummistiefel. Das war alles. Die

befallenen Froststellen begannen immer schrecklich zu jucken, wenn ich von draußen ins Wärmere kam. Im Bericht einer schulärztlichen Untersuchung vom 01.06.1946 findet sich dann auch unter »Bemerkungen« der Eintrag: »Kühle, bläuliche Extremitäten«. Das Wort Extremitäten kannte ich nicht. Doch deshalb jemanden zu fragen, mochte ich nicht – womöglich war damit irgendetwas Unanständiges gemeint?

Im Sommer trugen wir Holzsandalen. Die ungefähr eineinhalb Zentimeter dicke geschnitzte Sohle wurde von Riemen aus Stoff – bestenfalls aus Leder – am Fuß gehalten. Da die Sohlenunterseite sich schnell abnutzte, wurden an den Trittstellen – falls vorhanden – Lederreste angebracht. Leise auftreten konnte man damit natürlich nicht, und besonders in der Schule herrschte wegen unserer Holzschuhe immer ein ziemlicher Krach.

Ellen und ich fuhren in den Sommerferien oft mit dem Dampfer nach Heikendorf an den Strand. Dies war der erste Ostuferstrand, an dem man wieder baden durfte. Nach meiner Erinnerung verkehrten die Fördedampfer zunächst nur ab der Bellevue-Brücke. In Heikendorf gab es am Strand noch die Kabinen der Badeanstalt, in denen wir uns zum Baden umzogen und die Kleidung ablegten. Die Badeanstalt selbst war nicht mehr im Betrieb. Bei schönem Wetter blieben wir von morgens bis abends am Strand – nach meiner Erinnerung war inzwischen die curfew aufgehoben worden. Mehrmals gingen wir zum Schwimmen ins Wasser. In unserem Keller hatte ich einen schon etwas schlaffen Tennisring gefunden, mit dem wir hin und wieder spielten. Oder wir vertieften uns in ein Buch. Als Proviant für den Tag mussten ein trockenes Roggenbrötchen und ein paar geschrapte Möhren aus dem Garten reichen, häufig aber nicht einmal das. Ich weiß noch, dass ich an einem Tag – um nur irgendetwas im Mund zu haben – einen kleinen runden Stein lutschte, den ich im Sand gefunden und abgespült hatte. Ellen meinte jedoch, es sei ein Bonbon. Ich musste ihn ausspucken, um ihr zu zeigen, was es war.

Meine Eltern hatten vom tragischen Tod des jüngsten Sohnes eines befreundeten Ehepaars erfahren: Der Zwölfjährige hatte sich auf dem elterlichen Dachboden erhängt! Was war geschehen? Der Junge war zum Kaufen der Zuckerration geschickt worden. Die dafür erforderlichen Marken und das Geld hatte seine Mutter ihm mitgegeben. Statt Zucker hatte er die Marken jedoch für Bonbons eingesetzt und diese mit schlechtem Gewissen schnell aufgelutscht.

Offenbar hatte er dann als Sühne für dieses »Verbrechen« keinen anderen Ausweg gewusst! In meiner Erinnerung sehe ich ihn als niedlichen Blondschopf.

Bei den Verteilungsstellen der Stadt waren Kleiderspenden aus den USA und aus Schweden eingetroffen. Darunter noch gut erhaltene Damenkleider, die vermutlich wegen kleiner Flecke, Risse oder anderer Fehler weggegeben worden waren. Flüchtlinge, Ausgebombte und andere besonders Bedürftige durften sich darum bemühen. Wir gehörten nicht dazu. Eines Tages erhielten wir aber sogar ein privates Kleiderpaket aus Schweden. Dagmar Holmer – Vater kannte sie noch aus der Friedensarbeit vor 1933 – hatte es unserer Familie geschickt. Anna und ich waren selig! Mutter gelang es, aus zwei nicht mehr tragbaren Kleidern ein neues zu nähen, einen Fleck mit einer aufgesetzten Tasche unsichtbar zu machen, einen defekten Kragen zu wenden oder einen zerrissenen Rock fast unsichtbar wieder zusammenzunähen.

Wie überall wurden auch in Kiel nahezu alle noch einigermaßen intakten Produktionsmittel demontiert und als Reparationsleistungen für die Siegermächte in deren Heimatländer verbracht. Es betraf zum großen Teil die Kieler Werften, und damit natürlich vor allem die Arbeiter, die dadurch die Lebensgrundlage für sich und ihre Familien verloren. Viele nicht als Reparationsleistung infrage kommende Gebäude und Anlagen wurden vernichtet, das heißt gesprengt. Die Explosionsgeräusche – immer nachmittags zum gleichen Termin – gehörten einige Zeit zu unserem Alltag. Dennoch zuckte ich jedes Mal schreckhaft zusammen.

Ich erinnere mich, dass Ellen und ich auf einem unserer Streifzüge durch die zerstörte Stadt einen Schweigemarsch der Werftarbeiter beobachteten. Plakate sahen wir nicht, vermutlich war es aber ein Protest gegen die Demontagen und Sprengungen. Es war ein sehr langer Zug, der die ganze Straßenbreite einnahm. In ihrer grauen Arbeitskleidung und mit der typischen Schirmmütze der Werft gingen sicher mehrere tausend Männer »ohne Tritt«. Sie waren absolut still. Außer dem Geräusch ihrer Schritte auf dem Straßenpflaster war nichts zu hören. Diese konzentrierte Stille empfand ich als unheimlich und beklemmend. Ich bewunderte die Arbeiter wegen ihres Mutes, denn sie wandten sich doch ganz offensichtlich gegen unsere mächtigen Besatzer.

Anna war nach den Sommerferien wieder in

Ahrensbök, wo an der ehemaligen Lehrerbildungsanstalt ein zweijähriger pädagogischer Lehrgang begonnen hatte. Nach dem Abschlussexamen würde sie eine korrekt ausgebildete Lehrerin sein.

Doch weil sie jetzt nicht mehr ständig bei uns wohnte, mussten wir jemand Fremden aufnehmen, denn einer Person oder Familie stand nur eine bestimmte Anzahl Räume oder Quadratmeter Wohnraum zu. Vom Wohnungsamt war bereits jeder noch bewohnbare Raum in Kiel registriert worden. Tante Hanna hatte bald nach Kriegsende diese Registrierung in ihrem Bezirk vornehmen müssen. Vorsichtshalber, sozusagen als Zeugin und falls jemand renitent werden würde, hatte sie dabei eine zweite Person mitgenommen, und das war Anna.

Nun schlief also die Biologie-Studentin Fräulein Traute H. aus Lübeck in Annas Bett und kochte in Mutters Küche ihr »Breichen«, wie sie immer sagte. Sie hatte die Angewohnheit – und die machte sie mir ziemlich unsympathisch –, mitten in der Nacht ein Stück Brot zu essen. Offenbar verfügte sie über Extrarationen. Ich hörte sie dann genüsslich schmatzen, während ich meinen leeren Magen spürte. Einmal im Monat fuhr sie zu ihren Eltern nach Lübeck, und an diesem Wochenende kam dann oft Anna nach

Hause. Fräulein H. suchte keinen engeren Kontakt mit uns und so hielten auch wir uns zurück.

Uwe, der nach wie vor Fritz' Zimmer bewohnte, fuhr ebenfalls in regelmäßigen Abständen zu seinen Eltern. Die Züge nach Lübeck und nach Itzehoe fuhren ungefähr zur gleichen Zeit ab. Und so bestand Fräulein H. darauf, dass Uwe sie begleitete und ihren schweren Koffer trug. Nachdem er als höflicher und gutmütiger Mensch dies ein paarmal getan hatte, wurde es ihm zu lästig. Denn während sie mit ihrem Handtäschchen am Arm damenhaft neben ihm hertrippelte, musste er sich trotz seiner langen Beine ihrem langsamen Tempo anpassen und sich dabei auch noch mit ihr unterhalten. »Ist sie schon weg?«, erkundigte er sich bei mir an diesen Sonnabenden hoffnungsvoll. Natürlich wusste ich, wer gemeint war. Wartete sie noch auf ihn, sorgte ich dafür, dass er durch den Keller, den Garten und den Weg dahinter unbemerkt entkommen konnte.

Schon wieder war Jahrmarkt! Fast jeden Tag liefen Ellen und ich zum Wilhelmplatz. Diesmal fuhren wir weniger auf den Karussells, sondern drehten nur langsame Runden über den Hauptweg in der vagen Hoffnung, in der Menge vielleicht nette Jungs zu entdecken. Zwei hatten wir bereits bemerkt, und wir fanden, dass der Blonde recht lässig aussah. »Lässig« war für uns Jugendliche übrigens ein neuer positiv besetzter Begriff und stand für die in der NS-Zeit üblichen Bezeichnungen »schneidig« oder »zackig«. Die beiden hielten sich ständig hinter uns und dies auch, als wir uns auf den Nachhauseweg machten. Von ihnen offensichtlich ungesehen, versteckten wir uns in Ellens Haus und beobachteten, wie sie ratlos um sich blickten und dann weggingen. Am nächsten Tag sahen wir sie wieder – mit einem braunhaarigen Mädchen mit Gretchenkranz an der Seite des Blonden! »Der hat bestimmt gedacht, das bist du!«, überlegte Ellen. »Mal sehen, was er macht, wenn er dich jetzt sieht!« Tatsächlich machte er ein ziemlich dummes Gesicht! Am nächsten Tag promenierte er dann wieder allein mit seinem Freund, und er wagte sogar, mich anzusprechen.

Der blonde Erich – ein Jahr älter als ich – wurde meine erste große Liebe, wir sahen uns fast jeden Tag. Nur Ellen störte bald etwas, da sie immer neben uns hertrottete. Erich überredete seinen Freund Hans, sich ihrer anzunehmen. Doch dies klappte nicht wegen gegenseitiger Abneigung. Ein anderer Mitschüler passte besser. Es war Manfred. Damals konnten wir nicht ahnen, wie es mit den beiden weitergehen würde. Denn von dem Tag an blieben Ellen und Manfred zusammen, einige Jahre später heirateten sie und bekamen drei Kinder. Ihre glückliche Ehe dauerte, bis Manfred im hohen Alter starb.

Im Wesen und Temperament waren Erich und ich uns sehr ähnlich. Da wir uns auch äußerlich etwas ähnelten, wurden wir hin und wieder sogar für Geschwister gehalten. Wir stritten uns oft, dann drohten wir damit, Schluss zu machen, versöhnten uns jedoch schnell wieder. Jedenfalls ging uns der Gesprächsstoff nie aus – wir schmiedeten sogar Pläne für eine gemeinsame Zukunft: Im April 1953 – sofort nach meinem einundzwanzigsten Geburtstag und meiner damit einhergehenden Erlangung der Volljährigkeit – wollten wir heiraten! Erich lebte bei seinen Kieler Großeltern, seine Mutter mit seinem jüngeren Bruder in Berlin. Sie war wieder in die alte Wohnung gezogen in der Hoffnung, ihr als vermisst geltender Mann würde sie dort suchen – falls er irgendwann zurückkäme.

Tante Hanna hatte von einem Klavier erfahren, das zu verschenken war. Das teilzerstörte Haus der Besitzerin sollte wieder aufgebaut werden, und das

Klavier musste weg. Ich hatte es schon auf meinem Schulweg gesehen. Es stand in einem Mietshaus am Hasseldieksdammer Weg in einem Wohnzimmer, dessen Außenwand fehlte. »Das wäre doch was für Gerda!«, schlug Tante Hanna meinen Eltern vor. Und so kam ein Klavier ins Haus. Der Klavierstimmer seufzte, als er es bei uns sah, machte sich aber doch an die Arbeit. Neben anderen Instandsetzungsarbeiten reparierte er auch die weißen Tasten. Einige Elfenbeinauflagen hatten sich gelöst und mussten wieder festgeklebt werden. Eine Lehrerin hatte meine Tante ebenfalls schon zur Hand. Es war eine Kollegin von ihr, die ein abgeschlossenes Studium an einem Konservatorium besaß: Margarete Gennrich. Sie wohnte in der Griesingerstraße. Das passte gut, denn mein Weg zur Klavierstunde würde sehr kurz sein.

Einmal in der Woche ging ich dorthin. Fräulein Gennrich besaß einen wertvollen Flügel, der in ihrem Wohnzimmer stand. Der große Raum war vollgestellt mit Möbeln aus zwei anderen Räumen, die sie für zwangseinquartierte Leute hatte zur Verfügung stellen müssen. Der Unterricht begann mit Kinderliedern für die rechte Hand, sehr bald durfte ich die linke Hand dazunehmen, und ich lernte, den Bassschlüssel zu lesen. Der Fingersatz und auch der exakte, durch

Zählen oder ein Metronom bestimmte Takt spielten eine große Rolle. Es dauerte nicht lange, bis ich mich an die erste Clementi-Sonatine wagen durfte. Ich war glücklich und übte fleißig, wobei ich leider die stupiden Fingerübungen mit Tonleitern und Arpeggien vernachlässigte.

Ab November wurde es in diesem Jahr wieder sehr kalt. Prompt meldeten sich die Froststellen an meinen Füßen, nachdem sie mich im Sommer und Herbst in Ruhe gelassen hatten. Neue an Knien und Händen kamen hinzu.

In Fräulein Gennrichs ungeheiztem Wohnzimmer saßen wir in unseren Mänteln mit Schal und Mütze und musizierten. Wenn meine Lehrerin mir das aktuelle Stück einmal vorspielte, durfte ich ihren Backstein halten, um meine klammen Finger zu wärmen. Der Stein besaß im Innern elektrische Drähte, die zu einem Stecker an der Außenseite führten. Sie hatte ihn schon vorgeheizt, die Wärme hielt sich dann eine Weile.

Unter dem notdürftig abgedichteten Dach war es in unserer Kammer jetzt wirklich eiskalt! Noch immer konnte wegen Kohlenmangels im Haus nur das Esszimmer durch den kleinen Ofen beheizt werden.

Zwar gab es inzwischen wieder Kohlen und Briketts. Sie waren jedoch rationiert und dies in bei Weitem nicht ausreichender Menge. Ich durfte deshalb während Vaters Abwesenheit in Schleswig in seinem Bett im nicht ganz so kalten Elternschlafzimmer schlafen.

Doch in der Nacht von Sonnabend auf Sonntag und die folgende musste ich wieder nach oben. Wir hatten eine altmodische Messingwärmflasche mit Schraubverschluss im Haus, die ich einige Zeit vorm Zubettgehen unter meine dicke Federdecke schob. Nachts trug ich meinen Trainings- über dem Schlafanzug, dazu Wollsocken und meine Mütze. Ich besaß nur eine, sie hatte noch zu meiner JM[4]-Uniform gehört. »Teufelskappe« wurde sie wegen ihrer Form genannt. Mutter wickelte mich in eine Wolldecke, darüber kam das schwere Federbett, das sie fest um mich herumstopfte. Die bereits abgekühlte Wärmflasche nahm sie wieder mit. Leider war es in dieser Verpackung nicht mehr möglich, im Bett zu lesen, was ich sonst so gern tat. Wenn ich einmal für einen Moment die Nase aus den Kissen steckte, sah ich meine Atemwolke.

---

[4] JM = Jungmädel (Hitlerjugend-Organisation für
   Mädchen von 10 – 14 Jahren, Pflichtmitgliedschaft)

In der Schule fand ich es nach wie vor langweilig. Ein Lichtblick war die tägliche Schulspeisung. Die Suppen wurden in Kübeln geliefert, aus denen sie in der großen Pause oder nach dem Unterricht von Lehrern oder Hilfskräften mit einer Schöpfkelle in unser mitgebrachtes Kochgeschirr gefüllt wurden. Ein Kochgeschirr mit Deckel befand sich in fast jedem Haushalt. Ich erinnere mich vor allem an die sehr süße Keks- und die Schokoladensuppe. Erstere bestand aus aufgeweichten verrührten Keksen, die andere aus aufgeweichten verrührten Keksen mit Kakao. Die Suppen füllten den Magen, und das Sättigungsgefühl hielt einige Zeit vor. Manchmal widerstand mir jedoch der süße Brei, und ich konnte nicht alles aufessen. Dann nahm ich den Rest mit nach Hause für Mutter. Seltener gab es Erbsensuppe, die gut schmeckte, auch wenn sie oft schon kalt war. Spender dieser nahrhaften Überlebenshilfen waren Mennoniten und ein Hilfswerk der Schweiz. Dies erfuhren wir jedoch erst viel später. Als wir uns einmal wie üblich vor der Turnstunde aufstellen mussten, sah ich zufällig an unserer Reihe entlang. Dabei fiel mir auf, dass wir sehr schlanken Mädchen alle einen kleinen Bauch hatten – einen Suppenbauch.

Nach seinem erfolgreichen Abschluss des Vorsemesters hatte Heini tatsächlich einen Studienplatz in der Juristischen Fakultät erhalten. Er kam jetzt öfter zu uns; seine Bude war nicht heizbar, und außerdem hatten wir nun ein Klavier. »Für den Anfang geht es«, meinte er. Er spielte Stücke von Bach, Mozart und Beethoven, und ich hoffte, dies irgendwann ebenfalls zu können. Manchmal spielte er auf meine Bitte auch Schlager: »Haben Sie schon mal im Dunkeln geküsst?«, »Für eine Nacht voller Seligkeit …«, »Du und ich im Mondenschein …« und Ähnliches. Er kannte auch die neuen amerikanischen Songs, die wir im AFN (American Forces Network) oder BFN (British Forces Network) hörten, und spielte sie nach Gehör: »In The Mood«, »Chattanooga Choo Choo«, »Stardust« und andere. Ich war begeistert!

Er war ein kräftiger junger Mann, der Mutter bereitwillig bei für sie zu schweren Arbeiten half. Ich erinnere mich, dass er sich einmal angeboten hatte, besonders harte Holzklötze zu spalten. Die waren aber so hart, dass Vaters Beil dabei kaputtging, und – nachdem er von Nachbarn eine Axt geliehen hatte – auch die Axt. War er einmal zum Abendbrot dageblieben, brachte er bei seinem nächsten Besuch Brotmarken mit.

Uwe und Heini hatten sich miteinander angefreundet. Wenn ich dabei war, hörte ich, wie sie Erfahrungen über den Uni-Betrieb austauschten oder in welchen Restaurants es etwas »ohne« gab. Dort musste jeweils ein solches Gericht vorgehalten werden. Heini erzählte, er ginge manchmal nacheinander in mehrere Gaststätten, um die dort angebotene markenfreie Wassersuppe zu essen. »Außerdem gibt es ja noch die Volksküche in der Boninstraße«, verriet er Uwe, »aber da musst du immer sehr lange anstehen!«

In allen Fakultäten waren die Vorlesungen überfüllt. Studenten hatten Glück, wenn sie noch einen Stehplatz auf einer Fensterbank oder Treppe oder auf dem Flur nahe der geöffneten Tür fanden. Da die meisten Hörsäle zerbombt waren, musste auf Fabrikhallen, Wohnschiffe und andere Orte ausgewichen werden. Bücher gab es so gut wir gar nicht, und somit war die Anwesenheit bei den Vorlesungen unbedingt erforderlich. Wie Heini erzählte, hatte er sich selbst Stenografie beigebracht. Und so konnte er die Ausführungen des Professors schriftlich festhalten – jedenfalls das Wichtigste daraus.

Nach und nach kamen ab diesem Winter noch andere junge Leute zu uns. Tante Hanna hatte mit ihnen auf dem Wohnungsamt zu tun gehabt. Sie waren nach dem Krieg in Kiel gestrandet und kannten hier keine Menschenseele. Einzelnen hatte sie gesagt, sie könnten doch gern mal an einem Mittwochnachmittag zu uns in die Kantstraße kommen.

Und so besuchte uns in unregelmäßigen Abständen auch Fräulein Erika A. Sie war mit ihrer Mutter aus dem Osten geflüchtet und in Dithmarschen gelandet, wo ihre Mutter jetzt lebte. Ihr älterer Bruder wartete noch auf seine Entlassung aus der Internierung. Bereits im Krieg hatte sie ein Medizinstudium begonnen und konnte deshalb in Kiel weiterstudieren. Denn eigentlich waren die Studienplätze Männern und hier besonders Heimkehrern und Kriegsversehrten vorbehalten. Sie war eine bildhübsche junge Frau. Mir fielen sofort ihre naturgelockten braunen Haare und ihre schönen braunen Augen auf. Sie verdiene manchmal etwas Geld bei einer Kleiderschau, hatte sie verraten, nachdem Mutter Nettes über ihr hübsches Aussehen gesagt hatte. Auch sie spielte Klavier, doch andere Stücke als Heini: Schuberts Impromptus, Moments musicaux, Walzer. Manchmal erschien sie bei uns erst nach dem Abendbrot, und ihr Spiel, das dann gedämpft zu mir nach oben in die Dachkammer heraufklang, begleitete mich beim Einschlafen.

Nach einiger Zeit brachte sie ihren älteren Bruder Wolfgang mit und ein- oder zweimal auch ihren Freund, Herrn K. Wolfgang A. studierte Chemie, Herr K. Physik. Zwischen den jungen Leuten, von denen jedoch selten alle gleichzeitig da waren, entwickelten sich hin und wieder lebhafte Diskussionen über neue Erkenntnisse aus ihrem jeweiligen Studienfach, die ich fasziniert und sozusagen mit offenem Mund verfolgte.

In der Adventszeit übten wir Konfirmanden ein Krippenspiel ein. Pastor Plath hatte mich als Maria vorgesehen. Wahrscheinlich, weil ich im Kirchenchor war, und Maria in dem Stück ein Wiegenlied singen sollte. Der freche Kurt wurde Joseph. Wir führten das Spiel einige Male auf. Eine besondere Vorstellung fand im »Empire House« statt, dem ehemaligen Gewerkschaftshaus in der heutigen Legienstraße. Die Bezeichnung »Empire House« stammte von der Besatzungsmacht, die es für ihre Zwecke nutzte, zum Beispiel als Kino. Wir spielten hier auf einer richtigen Bühne, und zwar vor Flüchtlingskindern, die den großen Saal bis zum letzten Platz füllten. Pastor Plath hatte dies organisiert. Zum Schluss erhielten die Kinder und auch wir Krippenspiel-Akteure je eine kleine

Tafel Cadbury-Schokolade und ein unglaublich weißes Brot! Auch dafür hatte unser rühriger Pastor gesorgt. Zu den entsprechenden Stellen unserer Besatzungsmacht pflegte er offenbar guten Kontakt. Er hatte sogar einige englische Offiziere eingeladen, die in der ersten Reihe saßen und unser Spiel freundlich verfolgten.

Kurz vor Weihnachten wurde der erste Rowohlt-Rotations-Roman (rororo) produziert, und zwar »Schloss Gripsholm« von Kurt Tucholsky. Ich weiß nicht mehr, wer in unserer Familie diese Veröffentlichung gekauft hatte, sie kostete jedenfalls nur fünfzig Pfennige. Die Erzählung ging bei uns reihum und dies danach auch die folgenden im Zeitungsformat gedruckten Werke. »Gripsholm« war wahrscheinlich nicht die passende Lektüre für eine Vierzehnjährige, doch mir gefiel die Geschichte sehr. Dies auch, weil sie vor erst rund dreißig Jahren spielte. Ich hatte aus der Bibliothek meiner Eltern schon viel gelesen, und zwar wahllos, doch immer lagen den Geschichten Ereignisse aus viel früherer Zeit zugrunde: Gottfried Keller, Theodor Storm, Theodor Fontane, Knut Hamsun, Rainer Maria Rilke, Selma Lagerlöf, Jens Peter Jacobsen und andere. Richtig verstanden hatte ich sicher das Wenigste davon. Es musste mich nur die Handlung oder auch eine »schöne« Sprache zum Weiterlesen verführen.

Vieles in diesen ersten Nachkriegsjahren war recht kompliziert. So auch die Sache mit dem Schaf. Tante Hanna hatte auf dem Wohnungsamt den sympathischen jungen Herrn Schimmer kennengelernt, der als Flüchtling auf Föhr gelandet war. Dort hatte er sich in eine junge Friesin verliebt, die seine Liebe auch erwiderte. Er erhielt bald eine gute Arbeit, allerdings in Kiel. Hier suchten die beiden nun – inzwischen schon Eheleute – eine Wohnung, notfalls auch nur ein Zimmer. Doch jeglicher Zuzug in die zerstörte, mit Ausgebombten und Flüchtlingen überfüllte Stadt war untersagt. Es sei denn, man hätte eine amtliche »Zuzugsgenehmigung«. Die setzte jedoch Wohnung *und* Arbeit in Kiel voraus. Tante Hanna fand in der Geibelallee bei Frau Hamann ein freiwerdendes Zimmer mit Küchenbenutzung. Hierin wurde nun das Paar vom Wohnungsamt offiziell »eingewiesen«. Die jungen Eheleute waren Tante Hanna so dankbar für die Hilfe, dass sie ihr unbedingt etwas Gutes tun wollten! Und das wurde dann ein Schaf von der Insel Föhr.

Anna hatte Weihnachtsferien, sie war also zu Hause und erklärte sich bereit, den Tier-Transport zu übernehmen. Über irgendwelche Kontakte war es sogar gelungen, für sie auf der offenen Ladefläche eines LKWs einen Platz nach Niebüll und zurück zu ergattern. Dort sollte das tote Schaf übergeben werden. Anna griff sich den größten Koffer, den sie auf unserem Dachboden finden konnte, und machte sich auf die Reise. Mit ihr fuhren noch andere Frauen auf der Ladefläche des LKWs mit. Sie hatte zwei Tage einplanen müssen, denn das Schaf würde erst am nächsten Vormittag mit dem Schiff ankommen. Übernachten konnte sie zum Glück bei Tidi und Midi Brodersen. Die beiden unverheirateten Frauen waren Cousinen von Vater. Wie Anna später berichtete, hätten Tante Tidi und Tante Midi, die in Niebüll eine gutgehende »Weißnäherei« betrieben, sie rührend umsorgt.

Die Übergabe des Schafs am nächsten Tag klappte reibungslos und offenbar, ohne dass jemand diesen Hamstervorgang bemerkt hätte. Auch passte das tote Tier nach einigen Umlagerungen gerade noch in den großen Koffer. Doch dann mussten Anna und die anderen Frauen in eisiger Kälte lange auf dem LKW sitzen und warten, da der Fahrer viel später als abgemacht erschien. Wie fast alle Fahrzeuge fuhr der Wagen nicht mit Benzin, das für Normalverbraucher unerreichbar war, sondern mit Holz. Der Generator (Vergaser) stand auf der Ladefläche, sah aus wie ein Ofen mit Rohr und wurde auch wie ein solcher beheizt.

In Kiel ließ Anna sich in der Eckernförder Straße am Arndtplatz absetzen. Von dort schleppte sie den schweren Koffer bis zu uns nach Hause. Trotz seines Gewichts versuchte sie jedes Mal bei Begegnungen mit anderen Passanten, ihn anzuheben, damit er nicht so schwer aussah und sie womöglich doch noch kontrolliert würde.

Zu Hause machte Mutter sich sofort an die Verarbeitung des Tieres. Das Schaf war ein Hammel, dessen Fleisch beim Braten und Kochen schrecklich stank! Damit der intensive Geruch nicht nach draußen drang und uns als Hamsterer verriet, hielten wir an diesem Tag vorsichtshalber alle Fenster und Türen fest verschlossen und hofften, dass auch niemand zu Besuch kommen würde.

Anna hatte sich während der eisigen Fahrt auf dem LKW eine schwere Mandelentzündung geholt, unser Hausarzt Dr. Heyse musste kommen. Während ihrer Krankheit durfte sie in Tante Hannas Zimmer auf dem Sofa liegen, denn oben in unserer Dachkammer war es für sie zu kalt. Erst als sie wieder gesund war, berichtete sie uns die Einzelheiten von ihrem Hammel-Abenteuer.

Außer vom Hammelbraten habe ich auch vom Weihnachtsfest 1946 wenige Erinnerungen. Nur, dass ich ein Paar *neue* Lederschuhe bekam! Es waren schwarze, sogenannte Wanderschuhe. Sie waren zum Schnüren und ziemlich klobig, Mutter fand sie allerdings *vernünftig*. Sie besaßen sogar eine Ledersohle, was uns zu dieser Zeit absolut unglaublich erschien!

Ganz unerwartet schenkte auch Erich mir etwas: einen Ring! Er hätte ihn selbst gemacht, verriet er. Er bestand aus Weißblech und passte tatsächlich genau auf meinen linken Ringfinger!

1947

Das frostige Winterwetter hielt auch im neuen Jahr an. Unsere Weihnachtsferien wurden verlängert, da die Schulen wegen Kohlenmangels nicht geheizt werden konnten. Nach wie vor gab es Stromsperren. Jetzt, mit Beginn des Jahres, dauerten sie von sieben bis elf und von fünf bis abends halb acht Uhr.

Anna und ich ribbelten alte Wollsachen auf, die zu klein geworden oder verschlissen waren, und strickten daraus Neues. Dafür mussten wir die krause Wolle stramm über ein Brett wickeln und anfeuchten. Beim Abwickeln nach dem Trocknen war der Faden dann wieder glatt. Mutters dunkelblaues Bleyle-Kleid, das sie viele Jahre getragen hatte, war hinüber. Auch dessen feine Maschen rippelten wir vorsichtig auf. Der Faden war jedoch so mürbe, dass wir ihn beim Verstricken doppelt führten und eine Rolle schwarzes Nähgarn mitlaufen ließen. Es gab aber auch neue »Wolle«. Sie bestand aus Fäden von

Säcken, in denen Zucker aus den USA geliefert worden war. Leider hatten wir jedoch keine Beziehungen, um an leere Zuckersäcke zu kommen.

Fritz war immer noch in England, wo er als Kriegsgefangener beim Bau von Fertighäusern arbeiten musste. In seinem Weihnachtsbrief hatte er um ein Foto von mir gebeten, denn wir hatten uns ja sehr lange nicht gesehen. Gleich Anfang Januar schickte Mutter mich zum Fotografen. Doch ich fand die fertigen Aufnahmen schrecklich! Denn es war zu erkennen, dass meine ehemals dicken Flechten sehr dünn

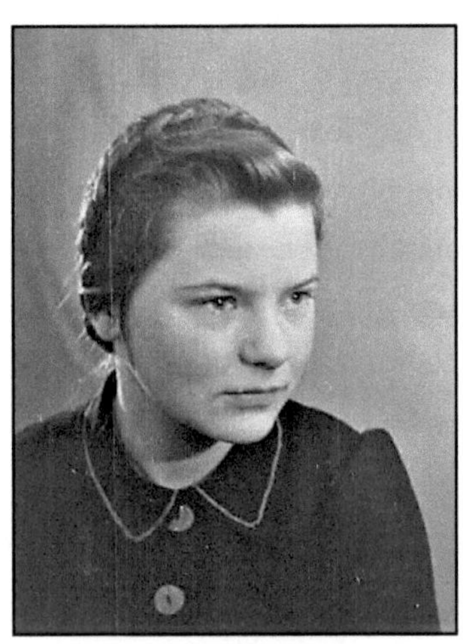

Gerda (Januar 1947)

geworden waren. Ich hatte selbst auch schon bemerkt, dass mir nach und nach die Haare ausfielen. Außerdem trug ich auf dem Foto ein hässliches, von Mutter mühsam aus Stoffresten eines alten schwarzen Herrenanzugs zusammengestückeltes Kleid. Sie mochte es selbst nicht leiden, hatte aber noch versucht, es etwas freundlicher aussehen zu lassen, indem sie es mit zusammengesuchten roten Knöpfen und roter Stickerei am Kragen und an den Ärmelbündchen verzierte. Zum Glück wurde es mir dann bald zu klein, sodass ich es nicht mehr anziehen musste.

Auch im neuen Jahr sahen Erich und ich uns fast täglich. Dass ich einen Freund hatte, hielt ich vor Mutter vorsichtshalber geheim. Auch deshalb trafen wir uns meistens an einem »neutralen Ort«, wie zum Beispiel an der Litfaßsäule am Kronshagener Weg. Hatten wir keinen festen Termin vereinbart, ging er den Gartenweg hinter unserer Häuserreihe entlang und pfiff unser Signal, den Beginn des Schlagers »Man kann sein Herz nur einmal verschenken …«. Dass Freunde der Töchter ins Elternhaus kamen, war undenkbar! Also gingen wir bei jedem Wetter spazieren, und zwar dort, wo wir keine Bekannten, Lehrer oder Nachbarn treffen würden. Meistens sahen wir uns jedoch nicht länger als höchstens eine Stunde, denn nach dem Nachmittagsunterricht blieb bis zum Abendbrot nicht viel Zeit. Leider hatte Tante Hanna, die ja beruflich viel zu Fuß unterwegs sein musste, uns dennoch einmal gesehen und mich bei Mutter verpetzt. Aber Mutter fand offenbar nichts dabei, dass ihre jüngste Tochter mit einem Jungen spazieren ging. Sie fragte mich bei Gelegenheit nur, wie er hieß, wie alt er war und welche Schule er besuchte.

Anfang des Jahres begann für mich endlich die Tanzstunde. Natürlich bei »Gemind« – in Kiel damals die traditionelle Tanzschule für Oberschüler. Darauf hatte Tante Hanna Mutter extra hingewiesen, denn als Mittelschülerin hatte Anna bei »Rusch« tanzen gelernt. Gut, dass ich die neuen Schuhe besaß! Uns unterrichteten der elegante Herr Gemind und seine zierliche blonde Frau (vielleicht war sie aber auch seine Schwester?). Außer den Standardtänzen lernten wir sogar noch den altmodischen Rheinländer und den Lancier. Von den Mittänzern erinnere ich mich an zwei. Den einen nannte ich »Tenorflöte« – eigentlich hieß er Dieter –, er hatte mir nämlich anvertraut, er spiele dieses Instrument. Der andere war Gerhard, der Dieter ablöste und bis zum Abtanzball mein Tanzherr blieb.

Herr Gemind legte zum Schluss einer jeden Unterrichtsstunde den Herren (wir waren alle erst fünfzehn oder sechzehn Jahre alt) eindringlich ans Herz, ihre Tanzpartnerin unbedingt nach Hause zu begleiten. Denn die Straßen waren unbeleuchtet und daher stockdunkel, die Fußwege führten streckenweise über schmale Trampelpfade zwischen den Trümmern. Die Straßenbahn verkehrte – wenn überhaupt – nur auf wenigen Linien. Als Tenorflöte mich treu und brav von der Tanzschule in der Holtenauer Straße bis zur Kantstraße nach Hause gebracht hatte, fragte ich ihn beiläufig, wo *er* denn eigentlich wohnte. »In Holtenau«, erwiderte er trocken. Er würde an diesem Abend also noch viele Kilometer bewältigen müssen! Mich plagte nachträglich ein schlechtes Gewissen, andererseits fühlte ich mich aber geschmeichelt, dass er ohne zu klagen die weite Strecke auf sich genommen hatte. Klugerweise suchte er sich dann eine andere Tanzpartnerin mit einem kürzeren Nachhauseweg.

Immer noch war es sehr kalt mit Temperaturen von minus zwanzig, zeitweise von minus fünfundzwanzig Grad, der Kieler Hafen war zugefroren. In der

Zeitung stand, der Hafen sei »abgeschnitten von der Ostsee«.

Heini hatte uns besucht. Er erzählte, über Nacht sei in seiner ungeheizten Bude das Waschwasser im Krug gefroren! Zu den meisten als Studentenbuden untervermieteten Zimmern gehörte keine Badbenutzung. Stattdessen gab es eine Waschschüssel und einen dazugehörigen großen Wasserkrug sowie einen Eimer für das gebrauchte Wasser.

Auf meine Bitte spielte er auf dem Klavier mal wieder Tanzmusik, als meine Schulfreundin Ruth klingelte. Sie wohnte auch in der Kantstraße, und zwar im letzten Haus Nummer 88 ganz am unteren Ende. Nun lauschten wir beide begeistert den flotten Rhythmen, besonders dem Boogie Woogie »Runaway«! Heini zeigte uns, wie dabei von der linken Hand fast immer nur die gleichen Tonfolgen zu spielen waren. »Du, Gerda«, sagte Ruth später, als sie sich verabschiedete, »der ist ja in dich verknallt!« – »Ach, Quatsch!«, lachte ich, »Der ist doch viel zu alt!« Er war fünf Jahre älter als ich.

Nach den wieder einmal verlängerten Weihnachtsferien erhielten wir nun im neuen Jahr eine Art Notunterricht. Wir gingen jedoch täglich für jeweils eine Stunde zur Schule, lieferten unsere

Hausaufgaben beim Lehrer ab und empfingen neue. Im Klassenraum war es so kalt, dass dies im Stehen geschah, Mantel, Mütze, Handschuhe behielten wir an.

Viel ist mir aus diesem Schulwinter nicht im Gedächtnis geblieben. Ich erinnere mich aber an unseren Französisch-Lehrer »Papa« Mordhorst, der uns zu gymnastischen Übungen ermunterte, damit wir nicht völlig auskühlten. Er turnte sie uns vor: Arme nach vorn, nach oben, zur Seite strecken, beugen, kreisen und schwingen. Und zwar im Takt und so eckig, wie er es vermutlich als Rekrut vor dem Ersten Weltkrieg gelernt hatte. Mit unserer Musiklehrerin sangen wir im eiskalten Klassenraum einen von ihr erdachten Kanon »Jeden Tag Steckrüben, jeden Tag Kohl, damit schlägt man sich den Magen voll«. Wie lange wir diesen Notunterricht erhielten, weiß ich nicht mehr. Der extrem strenge Winter 1946/47 dauerte jedenfalls von Anfang November bis Ende März.

Wegen dieses reduzierten Unterrichts sowie des mindestens acht Monate währenden totalen Unterrichtsausfalls im Jahr 1945 und vermutlich auch wegen der im Krieg häufig bei Fliegeralarm versäumten Schulstunden mussten wir die aktuelle Klasse wiederholen. Die Lehrer klagten uns gegenüber ständig über unsere Wissenslücken. Die waren durchaus erklärlich. Denn 1945/46 waren einige Fächer – wie Geschichte, Erdkunde, Biologie, Physik – ganz ausgefallen, 1946/47 waren es noch Geschichte, Erdkunde und Chemie. Der Chemieunterricht begann erst ab dem zweiten Halbjahr 1948. Seit den Schuljahren 1944/45 und 1945/46 waren wir nun schon in der dritten Oberschulklasse. Dann wurde jedoch die regelmäßige Schulzeit auf den Gymnasien von acht auf neun Jahre verlängert und die 3. Klasse in Unter-/Obertertia, die folgenden in Unter-/Obersekunda, Unter-/Oberprima unterteilt. Damit befanden wir uns bis Ostern 1947 also immer noch in der dritten Klassenstufe (U III, ab dem zweiten Schulhalbjahr O III)! Somit würde von uns das Abitur *frühestens* im Alter von zwanzig Jahren abgelegt werden können!

Hin und wieder wechselten unsere Lehrer; es waren uns unbekannte und andere, die uns schon während der Kinderlandverschickung begleitet hatten. Es hing davon ab, ob oder wie schnell ihre Entnazifizierung gelang. Doch sogar Fräulein Dr. Coenen war in den Schuldienst zurückgekehrt. Als Leiterin unserer KLV-Lager und offensichtlich überzeugte Nationalsozialistin hatte sie noch einen ihrer letzten Weihnachtsbriefe an unsere Eltern statt mit Grüßen zum

Weihnachtsfest mit »Heil Hitler!« unterzeichnet. Nun unterrichtete sie uns wieder im Fach Deutsch.

Im August war aus der Provinz Schleswig-Holstein das Land Schleswig-Holstein geworden und Kiel war nun eine Landeshauptstadt. Nach meiner Erinnerung wurde dies im Unterricht überhaupt nicht erwähnt. Wie auch die neuere Geschichte nicht, denn es gab noch keine neugefassten Lehrbücher.

Zwei Referendarinnen hatten sich in diesem Schuljahr an uns zu beweisen. Eine von ihnen, deren Unterricht und persönliche Art wir besonders langweilig fanden, wollten wir bei der entscheidenden Lehrprobe in unserer Klasse durchfallen lassen. Wir hatten verabredet, uns nicht zu melden und sie auch auf andere Weise aus dem Konzept zu bringen. Das war wirklich niederträchtig! Doch wir hielten sie für ungeeignet als Lehrerin – vielleicht würden wir ihr damit sogar einen Gefallen tun? Allerdings ließen wir dann doch in der entscheidenden Unterrichtsstunde ihr gegenüber Gnade walten, und sie bestand das Examen.

Um im Winter ihren Ofen heizen zu können, sägten oder hackten viele Leute in ihren Gärten und auch heimlich oder im Schutz der Dunkelheit in den Parks,

Wäldern, an Alleen und auf öffentlichen Plätzen Bäume und Sträucher ab. Übrig von den Bäumen blieben dann nur noch die Stubben. Doch auch die waren wertvolles Heizmaterial. Die Stadt vergab inzwischen sogar Berechtigungsscheine fürs Roden einzelner Stubben. Das Roden war ein sehr mühsames Geschäft, besonders bei hartem Boden. Axt, Pieke, Spitzhacke, Keile und vor allem viel Kraft und Geduld wurden benötigt. In unserer Familie besaßen wir nichts von allem – außer vielleicht Geduld. Letzteres galt allerdings nicht für mich.

Mitte April fand in Kiel auf dem Rathausplatz eine Demonstration gegen »Hunger und Elend« statt. Anna hatte Osterferien und war hingegangen. Sie berichtete anschließend, der Platz sei so voller Menschen gewesen, dass sie in der Fleethörn stehen musste! Jemand hätte geredet, und zum Abschluss hätten viele Teilnehmer die erste Strophe der »Internationale« gesungen. Das sei so beeindruckend gewesen, dass ihr Schauer über den Rücken gelaufen seien.

Im Klavierunterricht durfte ich mich inzwischen an eine richtige Sonate wagen: C-Dur von Mozart. Ich übte sie mit Eifer. Mutter und Vater hörten sie gern, und oft musste ich sie ihnen vorspielen. Häufig kam ich damit sogar um das Abtrocknen des mittäglichen Abwaschs herum. Mutter sagte dann: »Üb du man lieber Klavier!« Die Sonate hatte ich offenbar so häufig gespielt, dass in diesem Sommer die Amsel, die auf unserem Ahorn saß und unermüdlich sang, die ersten vier Töne (c – e – g – h) in ihr Repertoire aufgenommen hatte. Für Fräulein Gennrich musste ich jedes Klavierstück auswendig und fehlerfrei abliefern, bevor ich ein neues in Angriff nehmen durfte.

Chemie-Student Herr A. machte mir zu meinem fünfzehnten Geburtstag ein etwas ungewöhnliches Geschenk. Es war ein selbst gestalteter, mit Miniaturzeichnungen versehener zweiseitiger Kalender auf einem DIN-A-4-Blatt. Er reichte von meinem fünfzehnten bis zu meinem sechzehnten Geburtstag und war in Monate und Wochen unterteilt. Am Beginn einer jeden Woche hatte er meinen aktuell erreichten Altersfortschritt mit drei Stellen hinter dem Komma eingetragen, und zwar bis zu meinem sechzehnten Geburtstag. Ich fand dies witzig. Erst viele Jahre später erzählte Mutter mir, ihm sei es dabei um das Datum meiner Ehemündigkeit gegangen. Denn er sei in mich verliebt gewesen und habe mich so bald wie möglich heiraten wollen. Natürlich habe sie versucht, ihm dies auszureden. Ich selbst ahnte von alledem nichts. In meinen Augen war Herr A. mit seinen neunundzwanzig Jahren bereits ein sehr alter Mann!

In Hassee hatte ein Kino aufgemacht: das Hansa-Theater. Mittwochs oder sonnabends trafen sich vor der Nachmittagsvorstellung dort einige Mädchen aus meiner Klasse, Jungs aus der Oberschule am Königsweg – heute Max-Planck-Gymnasium – kamen hinzu. Vorher wurde untereinander gern geblödelt. Gerade machte eine Nonsens-Geschichte die Runde. Wenn jemand einen Satz unbedacht mit »Ach…« begann, fiel ein anderer sofort ein mit »…sprach der alte Oberförster, Hugo war sein Name, während er sich drei Mal laut und vernehmlich in sein großes rotkariertes Taschentuch schnäuzte und von Kronleuchter zu Kronleuchter schwang, um die Perserteppiche zu schonen. Seine Frau Agathe saß derweilen beim trüben Licht einer Lampe am Fenster und nähte, bis sie plötzlich laut aufschrie, denn sie hatte sich in den Finger gestochen, sodass das Blut hoch aufspritzte …«. Von diesem Text gab es verschiedene Versionen. Gern flochten wir in unsere Gespräche auch englische Floskeln ein. Zum Beispiel »by the way«, »however», »never ever«, »you won't believe«, »just a minute« oder Ähnliches. Im Kino saßen wir in einer der ersten drei billigen Reihen auf den »Rasiersitzen« – so genannt, weil man den Kopf in den Nacken legen musste, um das Geschehen auf der Leinwand verfolgen zu können. Es wurden deutsche Filme gezeigt wie »Kora Terry«, »Die Feuerzangenbowle", »Romanze in Moll«, »Ein Mann für meine Frau« und andere.

In den Sommerferien fuhren Ellen, Erich und ich oft mit dem Fördedampfer nach Heikendorf oder Falckenstein an den Strand. Manfred musste zu Hause bleiben. Zwar hatten seine Eltern den Umgang mit Ellen nicht verboten, ihren Sohn jedoch ermahnt, ihn zu reduzieren. Er solle sich erstmal auf die Schule und sein Abitur konzentrieren, bevor er eine feste Bindung einginge. Natürlich trafen die beiden sich dennoch so oft wie möglich.

Die Dampfer waren meistens völlig überfüllt, schon beim Einsteigen herrschte ein fürchterlicher Andrang. Auf dem Schiff standen wir dicht gedrängt in der Menge. Manchmal fuhren Jugendliche, die sonst nicht mitgekommen wären, auf der außen umlaufend angebrachten Scheuerleiste mit. Das war lebensgefährlich, denn wenn sie sich beim Anlegemanöver auf der falschen Seite befanden, hätten sie zwischen Schiff und Dalben an der Brücke zerdrückt werden können.

Ellen und ich hatten uns nicht mehr in unseren kindlichen Badeanzügen zeigen wollen und uns je einen modernen »Zweiteiler« gestrickt. Das Garn dafür – eine graue und eine rote Docke Strumpfwolle – hatten wir auf Bezugschein und Textil-Punkte erworben. Ellens roter Anzug war an den Rändern grau gestrickt, meiner war grau mit roten Rändern. Das Oberteil hatten wir als Band gearbeitet, das hinten geknotet und vorn in der Mitte gerafft wurde mit einer selbst gedrehten Kordel. Letztere diente gleichzeitig als Halt und wurde am Nacken zur Schleife gebunden. Natürlich hatten wir unsere Badeanzüge zu Hause vor dem Spiegel anprobiert. Sie sahen wirklich sehr schick aus, stellten wir hochzufrieden fest, und vor allem überhaupt nicht wie selbst gestrickt!

An einem warmen Maitag weihten wir unsere neuen Badeanzüge stolz ein. Ich hatte das Gefühl, dass die Leute am Strand uns wegen der modischen Zweiteiler bewundernd nachblickten, als wir zusammen ins Wasser gingen. Doch Ellen hatte es zuerst gemerkt: Hose und Oberteil hingen wie schlappe Säcke an uns herunter! Die Nässe hatte die Maschen auseinandergezogen und damit auch noch etwas durchscheinend gemacht! Wie sollten wir jetzt nur aus dem Wasser und an den Strand kommen! So gut es ging, versuchten wir mit beiden Händen unsere Blößen zu bedecken, während wir zum rettenden Handtuch rannten. Gut, dass Erich heute nicht mit ist!, dachte ich. Eigentlich hätten wir erst abends nach Hause fahren wollen, doch nun machten wir, dass wir vom Ort unserer Schande so schnell wie möglich fortkamen.

Im Herbst und Winter gingen Ellen und ich manchmal zur »Lichtburg« in der Wik. Für die Strecke von fast fünf Kilometern brauchten wir nur eine knappe Dreiviertelstunde, denn wir konnten auf Trampelpfaden durch die Trümmerlandschaft sozusagen diagonal vom Knooper Weg bis zur Wik gehen. Das Kino in der oberen Holtenauer Straße war den englischen Besatzungsangehörigen vorbehalten. Nachmittags an bestimmten Tagen durfte aber auch die Kieler Zivilbevölkerung die englischen und amerikanischen Filme sehen, doch hin und wieder waren englische Soldaten anwesend. Dann ertönte vor Beginn des Films über Lautsprecher »God Save The King«, und wir alle erhoben uns von den Plätzen. Die Filme besaßen zum Teil bereits deutsche Untertitel. Wir sahen »Rebecca«, »The Man in Grey«,

»Madonna Of The Seven Moons«, »Gaslight« und andere. Die Film-Stars Margaret Lockwood, Vivian Leigh, Joan Fontaine, Jean Simmons oder Greer Garson bewunderten wir nicht nur wegen ihrer Schönheit, sondern auch, weil sie so toll geschminkt, frisiert und gekleidet waren. Natürlich schwärmten wir ebenfalls für die unglaublich gut aussehenden Schauspieler James Steward, Steward Granger, Clark Gable, Cary Grant oder Gary Cooper.

Endlich durfte ich meine Zöpfe abschneiden lassen! Mit dem Wunsch hatte ich meinen Eltern schon lange in den Ohren gelegen, aber Vater war strikt dagegen. Jetzt hatte Mutter meinem Drängen nachgegeben und mich zu Friseur Bruchhäuser im Kronshagener Weg gehen lassen. Ich war glücklich mit meiner schicken

Gerda mit Dauerwelle (Oktober 1947)

Dauerwelle, die durch eine langwierige und unangenehm heiße Prozedur zustande gekommen war. Ich fühlte mich wie befreit mit den jetzt locker herabhängenden Haaren! Als Vater am Wochenende nach Hause kam, stutzte er zwar bei meinem Anblick, sagte aber nichts – jedenfalls nicht zu mir.

Erich besuchte die Hebbelschule, die allerdings vollständig zertrümmert war. Der Unterricht wurde deshalb in der Oberschule für Mädchen am Ravensberg (jetzt Ricarda-Huch-Schule) erteilt. Und zwar auch in Schichten vormittags oder nachmittags, da die Hebbelschüler sich die Räume mit den Schülerinnen teilen mussten. Jetzt hatte er mich zu einem Klassenfest eingeladen. Es fand in einem Lokal in Tannenberg statt. Außer Erich und seinem Freund Hans kannte ich niemanden aus seiner Klasse – Manfred durfte oder wollte wahrscheinlich nicht teilnehmen.

Ich war froh, jedenfalls schon einige Tänze zu können, allerdings wurde dann doch nur der »Schieber« getanzt. Zum ersten Mal trug ich mein neues hellrotes Kleid aus weichem Wollstoff in Vorkriegsqualität. Mutter hatte es für mich etwas geändert, denn es stammte aus dem Nachlass von Tante Hannas Freundin Emmy Schulz, die kürzlich an TBC gestorben war.

Auf dem Fest sollten die Jungs per Stimmzettel darüber abstimmen, wer das schönste anwesende Mädchen war. Die Wahl fiel zu meiner Überraschung auf mich. Ich schämte mich in Grund und Boden! Besonders, als mir eine selbst gebastelte Medaille umgehängt wurde. »Mutterkreuz«[5], lästerten einige Jungs. Es waren diejenigen, die nicht tanzten, sondern im Hintergrund den ganzen Abend Skat spielten. Später deutete Erichs Freund Hans mir gegenüber an, Erich hätte den Skatspielern je eine CAMEL versprochen, wenn sie mich wählten.

Im Herbst erhielten auch wir ein CARE-Paket aus den USA! Von anderen Leuten hatten wir schon von den darin enthaltenen wunderbaren Dingen gehört. Doch wer hatte es in Auftrag gegeben? Verwandte besaßen wir drüben nicht. Fritz klärte uns später auf. Sein Freund Eddy Bonsack hatte ihm ein Paket nach England geschickt, und Fritz hatte Eddy gebeten, stattdessen doch seine Familie in Germany zu bedenken. Mein Bruder hatte als US-Kriegsgefangener in

---

[5] in der NS-Zeit »Auszeichnung« für Frauen nach der Geburt ihres vierten Kindes

der Offiziersmesse eines Flugplatzes als Kaffeekellner gearbeitet, und sich dort mit einem Offizier der US-Airforce angefreundet: Eddy!

Als wir das Paket öffneten, konnten wir die Herrlichkeiten darin kaum glauben: Bohnenkaffee, Tee, Zucker, Ei- und Milchpulver, je eine Dose gezuckerte Kondensmilch, Ananas und Corned Beef, Speiseöl, eine Tafel Schokolade, Tabak und anderes. Auf dem Paketboden lag eine bunte Reklame-Zeitschrift. Beim Blättern darin konnte ich mich nicht sattsehen an den abgebildeten wunderschönen Damen, die für Hautcremes, Shampoo oder Ähnliches warben! Und wie unglaublich weiß sah die dort abgebildete LUXOR-Seife aus! Unsere Seife war grau-grünlich und bestand zum großen Teil aus Lehm – die darin enthaltenen Sandkörner kamen immer schon nach kurzem Gebrauch an die Oberfläche.

Eines Tages kam mit der Post die amtliche Aufforderung für alle Familienmitglieder zur Lungenkontrolle. Damit begann die allgemeine »Röntgenreihenuntersuchung«, die danach über lange Zeit einmal jährlich durchgeführt werden sollte. Die übertragbare Tuberkulose hatte sich auch in Kiel ungehindert ausgebreitet. Ursache dafür waren wahrscheinlich unter anderem überfüllte Unterkünfte, allgemein unzureichende hygienische Verhältnisse sowie Unterernährung. Eine wirksame Therapie gegen die TBC gab es noch nicht. Vielleicht half Penicillin, doch dieses neue Medikament war wegen fehlender Devisen für Normalverbraucher nicht erhältlich. Fast jeder von uns hatte schon einmal davon gehört, dass Nachbarn oder Bekannte »die Motten gekriegt« hatten, deshalb jahrelang krank gewesen oder sogar daran gestorben waren. Heini berichtete von seinem Schulfreund, der zu Hause bei den Eltern seinem sicheren Tod entgegensiechte.

Für die Röntgenreihenuntersuchung fuhr nach der entsprechenden Bekanntmachung ein Bus durch die einzelnen Stadtteile und hielt für einige Zeit an bestimmten Stellen. Im Bus war das Röntgengerät installiert. Nachdem man sich nach längerem Anstehen angemeldet und im Bus den Oberkörper freigemacht hatte, musste man sich vor das Gerät stellen. Die eigentliche Prozedur war kurz. Anschließend erhielt man eine entsprechende Bescheinigung mit amtlichem Stempel. Mutter achtete auch noch Jahre später darauf, dass alle Familienmitglieder der Aufforderung zum Röntgen regelmäßig folgten.

Nach wie vor gab es sehr wenig zu essen. Leute

ohne eigenen Garten hatten kurzerhand öffentliche Grünflächen umgegraben und dort Kartoffeln und Gemüse angebaut. Die Stadt hatte nachgegeben und duldete inzwischen stillschweigend die private gärtnerische Nutzung öffentlichen Geländes.

Immer häufiger kam es vor, dass die uns auf der Lebensmittelkarte zustehenden Nahrungsmittel im Wert von 1000 Kalorien pro Tag (vorübergehend abgesenkt auf 800) beim Kaufmann überhaupt nicht erhältlich waren! Schon seit Langem hatten wir sämtliche Vorräte aus unserem Keller und auch die getrockneten Brotknüste in der Keksdose verbraucht. Da war die tägliche Suppe für uns Schulkinder ein Segen. Allerdings gab es sie nicht während der Ferien.

Unverhofft waren wir zu Zuckerrüben gekommen. Mutter hatte bereits aus Kartoffeln in mühsamer Arbeit Kartoffelmehl gewonnen, jetzt machte sie sich an die Sirupherstellung. Das Rezept dafür stammte von Nachbarinnen, die diese Mühsal bereits hinter sich gebracht hatten.

Als Erstes mussten die Zuckerrüben geschält werden. »Eine Sklavenarbeit«, sagte Mutter und verdonnerte Vater, ihr am Wochenende dabei zu helfen. Nach dem Schälen mussten die harten Rüben in kleine Stücke geschnitten und mit wenig Wasser gekocht werden, bis sie weich waren. Anschließend wurden sie durch ein Tuch gepresst. Die derart gewonnene Flüssigkeit musste dann noch viele Stunden kochen, bis sie zu Sirup eingedickt war. Das Ganze war eine recht klebrige Angelegenheit, die Mutter in unserer Waschküche erledigte. Denn dort konnte auch die große Menge Rübenschnitze in dem mit Holz beheizten Waschkessel gekocht werden. Eine Weile diente uns der Sirup als Zuckerersatz.

Schon wieder hatten wir andere Lehrer. Dr. Hellmuth Steger unterrichtete uns jetzt in den Fächern Englisch und Musik. Er siezte uns, was wir sehr begrüßten, denn inzwischen waren viele von uns schon sechzehn Jahre alt. Er hatte eine Art, uns mit feiner Ironie zu begegnen, die – wie ich fand – manchmal etwas Verletzendes für die Schülerin hatte, die er gerade mit einer seiner ironischen Spitzen bedachte. Die meisten meiner Mitschülerinnen hatten jedoch begonnen für ihn zu schwärmen, was ich ziemlich albern fand und dies mir wohl auch anmerken ließ. Eines Tages sagte er während des Unterrichts unvermittelt zu mir: »Gerda, kommen Sie doch nach der Stunde mal nach vorn!« Dort sagte er: »Ich habe den Eindruck, dass Sie sich über mich mokieren!« Das Fremdwort

»mokieren« kannte ich nicht, konnte mir aber denken, was gemeint war. Natürlich stritt ich ab, dies zu tun. Ich nahm mir aber vor, künftig während seiner Stunden möglichst »neutral« zu gucken.

In den naturwissenschaftlichen Fächern unterrichtete uns Herr Ohnesorge. Sein Name passte irgendwie zu ihm, stellten wir fest, denn er trat uns gegenüber stets gleichmütig und wohlwollend auf. In der Schule trug er immer einen weißen Kittel über seinem Anzug, da er außer Mathematik auch die Fächer Chemie und Physik unterrichtete. Mathematik war mein Problemfach.

»Ich bin einfach zu dumm dafür!«, sagte ich zu Mutter, als ich wieder einmal eine Mathe-Arbeit verhauen hatte. Mutter meinte, Vater könne mir doch vielleicht helfen, denn Mathematik war seine Leidenschaft. Leider begriff ich trotz Vaters Bemühungen nichts, sodass er schließlich sehr ärgerlich und laut wurde und ich deshalb zu weinen begann. »Vielleicht geht es besser, wenn Ruth dabei ist!«, überlegte Mutter, denn Ruth hatte das gleiche Problem. Leider endete dann die erste und letzte gemeinsame Nachhilfe bei Vater damit, dass nicht nur ich, sondern auch Ruth in Tränen ausbrach.

Herausragende Erinnerungen an andere Lehrer

habe ich nicht – wenn ich von Fräulein Dr. Siemen absehe. Sie hatte uns schon in unserer KLV-Zeit begleitet. Ich hatte sie damals als sanften Gegenpol zu unserer strengen Lagerleiterin Fräulein Dr. Coenen wahrgenommen. Ihre Fächer waren Latein und Geschichte, zeitweilig auch Religion. Leider besaß sie für den Beruf einer Lehrerin ein viel zu sanftes Naturell, sodass wir uns in ihren Stunden vom Schulstress erholten.

Herrn Mordhorst, unseren Französischlehrer, habe ich bereits an anderer Stelle erwähnt. Er stand jetzt kurz vor seiner Pensionierung.

Deutschlehrer wurde Herr Stoeckicht. Wie seine Vorgänger zensierte auch er meine Aufsätze mit »Gut«. Doch ein- oder zweimal hielt er bei Rückgabe der Arbeiten mein Heft hoch und sagte: »Der Beste!« Er war Asthmatiker. Eines Tages erlitt er während des Unterrichts einen Anfall, was uns Mädchen sehr betroffen machte. In unserer Hilflosigkeit sahen wir währenddessen hinunter auf die Tischplatte und hofften, dass er schnell wieder normal atmete – und wir aufatmen konnten.

Im Fach Zeichnen unterrichtete uns Fräulein Altona. Ende des Jahres erhielten wir die Aufgabe, draußen ein Winterbild zu zeichnen. Auf meiner

»1947 Gerda Ohrtmann: Schützenteich, O IIIa«

Tuche-Zeichnung im Schützenpark ist hinter dem Teich die Straße Schützenwall schwach zu erkennen. Dort hatte ich nur Trümmerberge und Ruinen gesehen.

In meinem Schulheft »Deutsche Aufsätze« sind unter »Nr. 4 Hausaufsatz, 22.11.47, Herbstbilder« drei Texte enthalten: »Ruinen im Herbst«, »Ein bunter Herbststrauß«, und »Ein Nachmittag im November«.

»Ruinen im Herbst
Die Ruinen unserer Stadt sind häßlich; sie erinnern an den langen, unheilvollen Krieg.

Als ich vor einiger Zeit durch unseren Garten lief, der an
das zerstörte Haus unseres Nachbarn grenzt, bot sich mir
ein wundervolles Bild.

Über die schmutzigen Ruinen war ein dichter, leuchtender
Vorhang von wildem Wein ausgebreitet. Er schimmerte in
allen Farben des Herbstes: Zitronengelb vermischt mit
Scharlachrot, Goldgelb, Blaßgelb, Zartgrün, Tiefrot, Satt-
grün, Rotbraun und Braungrün, Tabakgelb, Blutrot, Feuer-
rot und Purpurrot. Und unter diesen vielen verschieden gefärbten Blättern hingen Trauben von winzigen, violetten
Beeren.

Eine fleißige Spinne hatte von einer dieser Früchte bis zu
einem emporragenden Eisenträger ein riesiges Netz ge-
spannt, an dessen Fäden der Nebel glitzernde Perlen befestigt hatte.«

Hausaufsatz, 22.11.47

Für die drei Skizzen erhielt ich wieder ein »<u>Gut!</u>«
und diesmal eine Bemerkung: »Etwas deutlicher
schreiben!« Wie alles war auch Füllhaltertinte knapp,
und so hatte ich sie einfach mit Wasser gestreckt.

Endlich wollten auch wir ein Klassenfest veranstal-
ten. Es sollte die Revanche werden für die vorange-
gangene Einladung der U II der Schule am Königsweg. Diese gegenseitigen Einladungen galten jeweils
für die gesamte Jungen- oder Mädchenklasse – Ko-
edukation gab es noch nicht.

Mit unserer Festzeitung, in der neben lustigen
Reimen natürlich auch jeder von uns sein »Fett weg-
kriegte«, hatten wir uns viel Mühe gegeben. Verviel-
fältigt wurde sie kostenlos in der Druckerei Joost,
denn unsere Mitschülerin Hannelore war die Tochter
des Inhabers. Um die Tanzkapelle bezahlen zu können, hatten wir vorher eine Umlage sowie einen Elternabend mit Eintritt veranstaltet. Nach meiner Erinnerung feierten wir das Klassenfest im Ausflugs-
restaurant »Margaretental« am Kanal. Durch Lose
war vorher festgelegt worden, welcher Junge neben
welchem Mädchen sitzen würde. Der Junge durfte
oder musste das Mädchen später auch nach Hause begleiten.

Diesem ersten Klassenfest sollten dann weitere folgen.

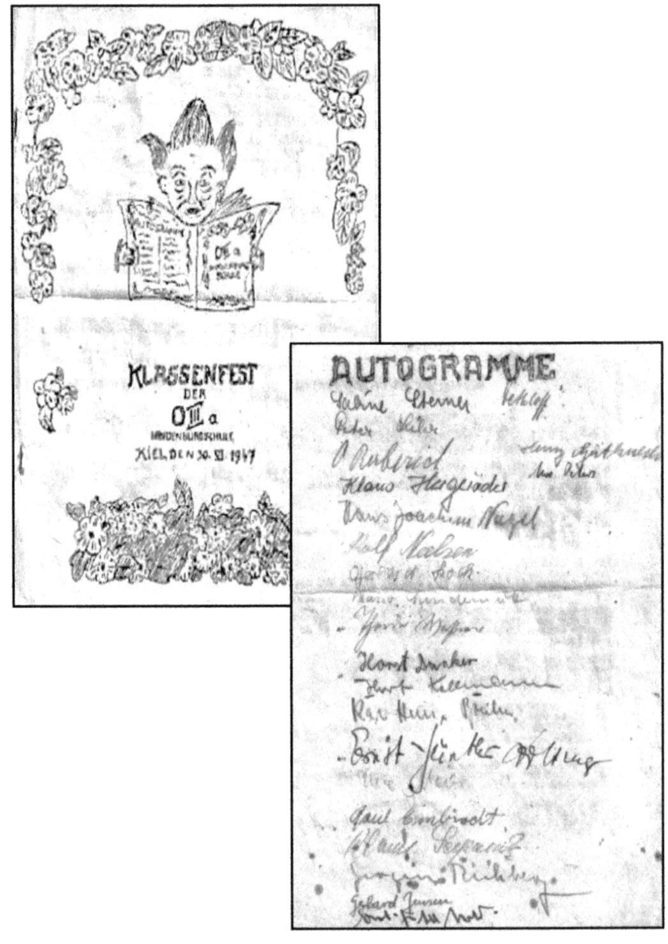

Festzeitung; Vorder- und Rückseite

Weihnachten 1947 verlief für unsere Familie ohne besondere Vorkommnisse. Vermutlich hatte wieder eines unserer Kaninchen sein Leben lassen müssen, damit wir an den Festtagen einmal genug zu essen haben würden.

Anna und ich konnten natürlich wieder nur Selbstgemachtes verschenken. Durch irgendeinen Zufall waren wir an Baststoff gekommen, aus dem wir eine Schreibmappe, eine Bücherhülle, einen Taschentuchbehälter, Lesezeichen und Ähnliches anfertigten. Anna schenkte mir eine Tasche für meine Strandsachen. Sie war todschick! Dafür hatte sie zwei esstellergroße Pappscheiben mit dunkelblauem Stoff bezogen. Der Taschenboden war ein langer, ungefähr zehn Zentimeter breiter Stoffstreifen, der als Tragegriff an den oberen Enden zusammengenäht worden war. Alle Teile hatte sie mit dekorativen Schrägstichen aus gelbem Bast miteinander verbunden. Der Clou: Auf die Vorderseite hatte sie – auch mit gelbem Bast – meine Initialen GO gestickt!

Ich meine mich zu erinnern, dass wir alle etwas trübsinnig waren. Es war inzwischen schon das dritte Weihnachten nach dem Krieg, und Fritz befand sich immer noch in Kriegsgefangenschaft! Dass sich die allgemeinen und damit auch unsere persönlichen

Lebensbedingungen in absehbarer Zeit verbessern würden, war nicht zu erwarten.

Silvester feierten wir jedoch vergnügt wieder mit Frau Hamann. Als ich kurz nach Mitternacht vor die Tür ging, kam wie verabredet Erich die Kantstraße entlangspaziert. Wegen möglicher Blicke der Nachbarn wünschten wir einander nur verstohlen ein gutes neues Jahr, bevor er dann wieder zu seinen Großeltern ging.

1948

Für 1948 existiert noch ein Taschenkalender, den ich tatsächlich all die Jahre aufbewahrt habe! Offensichtlich diente er mir damals als eine Art Tagebuch.

Auch im neuen Jahr ging ich einmal in der Woche zur Tanzstunde, schon bald sollte der Abtanzball stattfinden. Mein erstes langes Kleid dafür war in Arbeit, und zwar bei einer richtigen Schneiderin! An Stoffen gab es keine große Auswahl, ohnehin waren Textilien noch immer nur gegen Bezugsschein mit einem limitierten Punkte-System erhältlich. Ich hatte mich für Kunstseide (»Lavable«) entschieden – hellblau mit winzigen dunkelblauen Punkten. Der weite Rock des Kleides war dreistufig. Die untere Stufe konnte man abtrennen, sodass aus dem langen Kleid ein normales Sommerkleid wurde. »Sehr praktisch!«, lobten die weiblichen Mitglieder meiner Familie.

Der Ball fand in der Gaststätte »Karlstal« am Vieburger Gehölz statt. Mein langes Kleid war sogar rechtzeitig fertig geworden, und Herr Bruchhäuser hatte mir eine schicke Wasserwelle gelegt.

In der Tanzschule Gemind gab es die Tradition, dass beim Abtanzball die Damen ihrem Tanzpartner ein Einstecktuch überreichten. Das war leicht gesagt, denn zu kaufen gab es praktisch nichts Derartiges. Tante Hanna besorgte mir dann einen Fetzen Fallschirmseide. Daraus fertigte ich ein kleines Ziertuch mit handrolliertem Rand. Im Gegenzug sollten die Herren ihre Dame mit einem Blumenstrauß beglücken.

Der feierliche Austausch der Blumen und Tücher fand gleich zu Beginn des Balls statt, als die Damen und Herren sich noch jeweils in einer Reihe gegenüberstanden. Gerhard überreichte mir zu meiner Überraschung außer einem Sträußchen Alpenveilchen noch eine kleine Kristallvase in einem silbernen Ständer in Blätterform. Gerade hatten wir die Geschenke übergeben, als das Licht ausging – eine unangekündigte Stromsperre! So etwas kam öfter vor. Die Herren – ich gehe davon aus, dass nicht nur Gerhard so kühn gewesen war – nutzten die Gelegenheit, um im Schutz der Dunkelheit ihrer Dame einen flüchtigen Kuss zu rauben. Bald ging das Licht aber wieder an.

Seit unserem Klassenfest hatte ich einen neuen, allerdings chancenlosen Verehrer: Paul. Er war mein Tischherr gewesen und hatte mir erzählt, er nehme Schauspielunterricht bei einem Mitglied der Kieler Bühnen. Bald stellte ich fest, dass er dadurch recht nützlich war, denn manchmal bekam er Freikarten fürs Theater. Er fragte dann schüchtern bei mir an, ob ich vielleicht mitwollte.

Karten für die Aufführungen waren sehr begehrt, normalerweise musste man dafür lange anstehen. Außerdem war für eine Vorstellung ein Brikett oder ein Holzscheit mitzubringen, damit das Theater geheizt werden konnte. Da das im Krieg zum großen Teil zerstörte Stadttheater (jetzt Opernhaus) noch nicht wieder aufgebaut worden war, stand für alle Aufführungen nur das Schauspielhaus in der Holtenauer Straße zur Verfügung. Es hieß jetzt »Neues Stadttheater«. Dank Pauls Beziehungen kam ich in den Genuss einiger interessanter Inszenierungen mit dem bereits damals berühmten Bernhard Minetti oder dem bekannten und beliebten Filmschauspieler Dieter Borsche. Und so konnte ich auch das viel diskutierte neue Stück von Carl Zuckmayer sehen: »Des Teufels General«.

Einmal hatte Paul mich kurz vor Beginn der

Vorstellung plötzlich mit dem Ellbogen angestoßen: »Da kommt Dieter Borsche!« Wir hatten Plätze in einer der vorderen Reihen. Borsche ging gerade zu seinem Platz direkt vor uns. Paul stand auf und sagte: »Guten Abend, Herr Borsche, darf ich Sie mit Fräulein Ohrtmann bekanntmachen?« Borsche drehte sich höflich zu uns um, und wir schüttelten uns die Hände. Ich war etwas enttäuscht, denn er war kleiner, als ich gedacht hatte und sah längst nicht so gut aus wie in seinen Filmen. Leider begann Paul meine Begeisterung fürs Theater auch auf sich zu beziehen, sodass ich dann doch lieber selbst für meine Karten sorgte.

Erich hatte mich zu seinem Abtanzball der Tanzschule Schulz eingeladen. Das Fest fand im »Löwenbräu« am Alten Markt statt, es spielte die Kapelle »Die Kunos«. Wie immer auf solchen Festen hielten wir uns den ganzen Abend an einem Glas mit einer roten Flüssigkeit fest. Letztere wurde – je nachdem – »Kaltgetränk« oder »Heißgetränk« genannt.

Übrigens hatte ich in meinem Taschenkalender im Jahr 1948 den Besuch von insgesamt siebzehn Bällen oder Festen verzeichnet – kein Wunder, dass fürs Arbeiten für die Schule nicht viel Zeit blieb! Die Lokale wechselten. Es waren »Café Uhlmann«, »Kaiser

Friedrich«, »Forstbaumschule«, »Seeburg«, »Margaretental« »Neue Mensa«, »Waldesruh«, »Karlstal« »Tannenberg«, »Hausmanns Gasthof« oder das »Bahnhofshotel« in Suchsdorf. Ein Klassenfest in der »Sennhütte« in Neumühlen ist mir besonders in Erinnerung geblieben, da die Hin- und Rückfahrt so ungewöhnlich war. Am frühen Abend hatten wir Schüler uns alle am Seegarten getroffen, waren mit dem Dampfer über die Förde gefahren und am anderen Ufer ungefähr eine halbe Stunde bis zur Gaststätte an der Schwentine gewandert. Zurück fuhren wir später mit einem kleinen Motorboot von der Flussmündung rüber nach Seegarten. Es war eine dunkle, sternklare Mainacht, und die stille Fahrt über die Förde fand ich sehr romantisch.

Wir hatten gehört, alle deutschen Kriegsgefangenen würden demnächst aus der englischen Gefangenschaft entlassen werden, und wir hofften natürlich, darüber bald Genaues zu erfahren. Jedenfalls hatte Uwe Fritz' Zimmer bereits geräumt. Er war in der Geibelallee bei Frau Hamann untergekommen, wo er sich mit einem Studenten der Ingenieurschule ein größeres Zimmer teilte. Dieser Student war übrigens der Verlobte von Heinis älterer Schwester Ilse.

Am vierten Februar war es dann tatsächlich so weit: Fritz würde endlich nach Hause kommen! Seine Ankunftszeit war uns mit »nachmittags bis abends« mitgeteilt worden – ein weiter Begriff! Es war ein Mittwoch, und Vater würde dann in Schleswig sein, Anna in Ahrensbök und Tante Hanna auf dem Wohnungsamt, für abends hatte sie eine Theaterkarte erstanden. Also würden nur Mutter und ich ihn empfangen können. Wir warteten angespannt, ab sechs Uhr wurden wir sehr ungeduldig und bald schrecklich aufgeregt! Mutter hatte den Abendbrottisch für drei gedeckt, gegen neun Uhr deckte sie ihn wieder ab. Wir saßen im Esszimmer am großen Tisch und taten nichts, außer zu warten.

Plötzlich hörte ich den Gitterrost scheppern, der vor den vier Stufen zu unserer Haustür lag. »Fritz!«, rief ich. Ich hatte mich daran erinnert, dass er immer zwei Stufen auf einmal raufsprang, nachdem er bis zum Rost Anlauf genommen hatte. Jetzt war mir dies wieder eingefallen! Mutter lief zur Tür, und bevor Fritz klingeln konnte, hatte sie sie schon geöffnet.

Inzwischen saßen wir tatsächlich zu dritt um den Esstisch! Mutter und ich aßen Schwarzbrot mit dick Butter und Leberwurst! Fritz hatte in Munsterlager Marschverpflegung erhalten, das halbe Brot, die

Butter und die Dose mit der Wurst jedoch nicht angerührt, sondern für uns mitgebracht. Wir kratzten die Butter aufs Brot. Fritz sagte: »Nun schmiert sie mal ordentlich dick drauf, heute müsst ihr nicht am Essen sparen!«

Ich war überglücklich, dass mein großer Bruder endlich wieder zu Hause war! Bei den Mahlzeiten saß er auf seinem alten Platz am Esstisch und begann doch irgendwann tatsächlich mit seinem Stuhl zu kippeln – wie früher! Wie früher sagte Mutter: »Lass das, Fritz! Sonst kippst du noch mal um!«, und wie früher kümmerte er sich nicht um die Warnung, sondern kippelte nach kurzer Pause weiter. Irgendwann kippte er dann tatsächlich nach hinten um. Aber er hatte Glück, es war noch mal gutgegangen.

Am vierzehnten März hatten wir Konfirmandenprüfung, die wir dank Pastor Plath natürlich alle bestanden. Mutter hatte mir für das Ereignis ein hübsches Kleid genäht – wie immer aus etwas Altem. Es war dunkelblau und besaß einen großen, weiß umrandeten Kragen. Zur Feier des Tages gingen Ellen und ich abends zum Clubhaus des Westens, wo wir das vergnügliche plattdeutsche Stück »De Kuckucksroop« von Walter Wiborg sahen. Stolz saßen wir auf dem

Privatbalkon.

Am Sonntag nach der Konfirmandenprüfung wurde ich konfirmiert. Unsere Flensburger und Hamburger Verwandtschaft war angereist. Im Gemeindesaal war es sehr feierlich, die Predigt und die Feier des Heiligen Abendmahls bewegten mich mehr, als ich mir vorgestellt hatte.

Zu Hause feierten wir dann mit Opa Fritz, Onkeln, Tanten, Cousins und Cousinen; nachmittags kamen zum Gratulieren noch Nachbarn und Freunde meiner Eltern hinzu. Heini hatte mir eine Karte geschickt und seinen Besuch für Montag angekündigt. Ich wunderte mich etwas, dass er überhaupt an meine Konfirmation gedacht hatte und sogar aus Flensburg kommen wollte.

Die Geschenke entsprachen dem allgemeinen Mangel. Es waren zum großen Teil Dinge aus dem eigenen Bestand der Gäste. Wie Bücher (darunter das sehr schöne Liederbuch »Frau Musica« von Fritz Jöde und ein Noten-Album mit allen Mozart-Klavier-Sonaten), ein silberner Teelöffel, Taschentücher mit Spitzenrand, Häkeldeckchen, eine Blumenvase, eine silberne Halskette, eine Brosche aus gehämmertem Silber in Form eines Efeublatts, eine Holzschale. Die Schale hatte Cousin Ulli Beier geschnitzt. Er hatte gerade seine Gesellenprüfung als Holzbildhauer abgelegt und stand vor einem Bildhauerstudium in Hamburg. Geld erhielt ich nach meiner Erinnerung nicht, denn die Reichsmark war wertlos, weil alles rationiert war und es sonst nichts zu kaufen gab.

Doch mir ging es nicht gut, nach dem festlichen Mittagessen prüfte Mutter meine Temperatur: Ich hatte hohes Fieber und musste ins Bett. Als ich mich auszog, stellte ich fest, dass meine Unterwäsche und meine bloße Haut dunkelgrau verfärbt waren. Um mir ein Konfirmationskleid zu nähen, hatte Mutter ihr einziges Ballkleid geopfert, das sie nur einmal, und zwar vor fünfzehn Jahren auf einem Lehrerfest getragen hatte. Es bestand aus leuchtendgrünem Seidenrips. Da mein Kleid jedoch feierlich schwarz sein musste, hatte sie den Stoff selbst gefärbt.

Auch noch während der nächsten Tage lag ich krank im Bett. Wie angekündigt, kam Heini, um mir zu gratulieren, mich jetzt zu bedauern und gute Besserung zu wünschen.

Rechtzeitig zu Beginn der Osterferien war ich wieder gesund. Viel hatte ich in der Schule nicht versäumt, denn wieder einmal waren einzelne Stunden ausgefallen: Turnen wegen Kälte – Turnunterricht wurde wegen fehlender Halle immer draußen auf dem Schulhof erteilt – sowie wegen »Messen und Wiegen«. An einem Tag war der Unterricht sogar ganz ausgefallen, da im Schulgebäude die Lebensmittelkartenausgabe stattfand.

Mit dem Versetzungszeugnis in die U IIa (Untersekunda) war eine Notenvereinfachung einhergegangen: »Befriedigend« und »Ausreichend« waren zusammengezogen worden zur Zeugnisnote »Genügend«. Wir Schülerinnen waren entsetzt! Denn von der Sprache her bedeutete »Genügend« doch das Gleiche wie »Ausreichend«, und somit waren unsere vorher mit »Befriedigend« bewerteten Leistungen praktisch eine Note schlechter beurteilt worden (die bisher mit »Ausreichend« beurteilten jedoch besser).

Karl-Heinz hatte mich zum Frühlingsfest des THW (Turnverein Hassee-Winterbek) am dritten April nach Russee ins Tanzlokal »Walzertraum« eingeladen. Laut Programmzettel hieß die Kapelle »Die lustigen Spatzen«, für Unterhaltung würden Manfred Lichtenfeld und Margarete Schröder von den Kieler Bühnen sorgen. Karl-Heinz kannte ich von unseren Klassenfesten. Er tanzte »wie ein junger Gott«, war die einhellige Meinung von uns Mädchen. Von ihm sicher durch das Gedränge auf dem Parkett geführt, glaubte ich zu schweben! Selbstverständlich nahm ich die Einladung an. Ich hatte ihm allerdings bereits früher einmal klargemacht, dass ich einen festen Freund hatte, und er hatte dies wohl auch verstanden.

Eine genaue Vorstellung, wie wir von der Kantstraße nach Russee kommen sollten, hatten wir nicht. »Erstmal durch den Hasseldieksdammer Wald«, schlug ich vor. Doch nach einer Dreiviertelstunde wanderten wir immer noch durch den Wald, offenbar hatten wir uns verirrt. Wir legten eine kurze Verschnaufpause ein. Dadurch gekräftigt, gingen wir dann einfach querfeldein, und es gelang sogar mir, unterwegs zweimal einen Graben zu überspringen. Nach insgesamt eineinhalb Stunden Fußweg erreichten wir tatsächlich unser Ziel.

Die Stimmung im vollen Saal war bereits recht fröhlich, wir erwischten nur noch den letzten freien Tisch ziemlich nah am Eingang. Der »Walzertraum« sah eher aus wie eine langgestreckte Scheune oder Halle, besaß allerdings eine Bühne, auf der die Kapelle spielte. Gerade hatten wir uns nach einer Serie von drei Musikstücken so richtig eingetanzt, als es im Saal ganz furchtbar zu »duften« begann – offenbar hatte jemand eine Stinkbombe geworfen! Sofort flüchteten wir ins Freie!

Draußen bemerkten wir, dass am anderen Ende des Gebäudes das Dach brannte! Wir liefen wieder rein, um Alarm zu schlagen. Auch unterhalb der Bühne quoll jetzt grauer Rauch hervor. Schon drängten die Leute durch die Tür ins Freie, einige schlugen die daneben liegenden niedrigen Fenster ein, um schneller rauszukommen. Doch wir wollten jetzt an unserem Tisch noch etwas abwarten, bis das Gedränge vorm Ausgang weniger würde, kletterten dann aber auch bald durch ein zerschlagenes Fenster nach draußen. Karl-Heinz wirkte sehr ruhig, obwohl er vermutlich genauso aufgeregt war wie ich. Denn auch er hatte bestimmt sofort an die Bombennächte denken müssen.

Plötzlich fiel mir ein, dass unsere Jacken noch drinnen an der Garderobe hingen! Karl-Heinz überlegte nicht lange. Durch eins der Fenster kletterte er zurück ins brennende Lokal und griff nach unseren Sachen, die über den anderen hingen, da wir als Letzte gekommen waren. Im Nu war er wieder draußen. Schon im nächsten Augenblick begannen die ersten Mauern einzustürzen. Nach unserer Meinung dauerte es dann viel zu lange, bis endlich die Feuerwehr anrückte.

Doch wir wollten jetzt schnell nach Hause.

Obwohl es noch hell war und gerade erst zu dämmern begann, gingen wir diesmal nicht durch den Wald, sondern querbeet durch ein großes Kleingartengelände und somit auf direktem Weg. Mutter wunderte sich, dass ich schon so früh zurückkam – es war erst gegen elf Uhr. »Wieso riechst du denn nach Rauch, Gerda?«, fragte sie, und da musste ich ihr wohl oder übel von dem Feuer erzählen. Das hatte ich eigentlich nicht vorgehabt.

Vater musste nicht mehr während der Woche in Schleswig sein, denn inzwischen war Kiel Sitz der Landesregierung und der Ministerien geworden. Das bedeutete für mich strengere Aufsicht. Abends musste ich (eigentlich!) spätestens um zehn Uhr zu Hause sein, nach Klassenfesten und anderen Festivitäten um zwölf! Zum Glück hatte Vater einen festen Schlaf. Tante Hanna, die vom geringsten Laut aufwachte, hatte offenbar aufgegeben, mich bei Mutter zu verpetzen. Doch Mutter hörte bestimmt immer, wenn ich spät nach Hause kam, sie sagte aber nichts. Vielleicht dachte sie: Soll Gerda doch tanzen, dann ist sie glücklich und spürt den Hunger und das allgemeine Elend nicht! In meiner Erinnerung war es tatsächlich so, obwohl ich mich an den grauen Alltag zwischen Trümmern natürlich schon längst gewöhnt hatte – Hauptsache: Der Krieg war vorbei!

Luftbildaufnahme
im Vordergrund: Ruine der Nikolaikirche

Oberbürgermeister Andreas Gayk hatte die gute Idee, Trümmerfelder und Straßenränder mit jungen, schnellwachsenden Bäumen zu bepflanzen, und forderte die Schuljugend zu dieser Arbeit auf. So entstanden die ersten »Gayk-Wäldchen«, die nach wenigen Jahren die noch nicht wieder aufgebauten Bereiche der Stadt freundlicher aussehen lassen würden.

Aktionstag war der vierte April. Ich hatte mich gemeldet und ging daher sogar während der Ferien und an einem Sonntagvormittag zur Schule, dem Treffpunkt. Die jungen Bäume standen am Schulhofrand schon bereit, einen Spaten hatte ich von zu Hause mitgebracht. Nachdem ich eines der in lockerer Reihe vorbereiteten Löcher noch etwas vertieft hatte, setzte ich einen ungefähr eineinhalb Meter hohen Ahorn hinein, drückte die Erde fest und holte aus der Schule Gießwasser. »Habe meinen Ahorn ganz allein gepflanzt!«, steht in meinem Taschenkalender.

Doch für Erich und mich war dies ein trauriger Tag, denn seine Eltern hatten ihn aufgefordert, endlich zur Familie nach Berlin überzusiedeln. Am Sonnabend hatten wir Abschied genommen und uns ewige Treue geschworen. Einige lange Tage hatte ich große Angst um meinen Freund, denn er wollte »schwarz« über die Interzonengrenze gehen. Erst nach einer Woche erfuhr ich von seinem Kieler Cousin, gerade sei er gut bei seinen Eltern eingetroffen. Wir schrieben uns dann regelmäßig. In den Sommerferien wollte er nach Kiel kommen – wieder schwarz über die Grenze.

Meinen sechzehnten Geburtstag an einem Sonnabend feierte ich mit der Familie und zwei Tage später mit meinen Freundinnen. Leider humpelte ich etwas, denn ich hatte mir den rechten Fuß verstaucht, er war geschwollen und zeigte einen ansehnlichen blauen Fleck. Von Heini kam eine Glückwunschkarte, auf der er mir zur »Ehemündigkeit« gratulierte – damals galt sie ab 16 Jahren. Als angehender Jurist hatte er natürlich auch gleich den entsprechenden Paragraphen zitiert.

An den hochsommerlich warmen Tagen im Mai fuhr ich mal mit Fritz, mal mit Anna an den Strand. Doch die Ostseetemperatur betrug höchstens 13 °C. Weil wir aber nun schon mal da waren, mussten wir natürlich auch ins Wasser gehen!

Unter dem 22. Mai hatte ich in meinem Taschenkalender ein sehr ungewöhnliches Ereignis festgehalten: »Haben heute in der Schule eine Tafel Cadbury-Schokolade gekriegt!«

Am nächsten Tag, einem Sonntag, fand vormittags im Neuen Stadttheater eine Einführung in Paul Hindemiths Oper »Cardillac« durch Professor Edgar Rabsch statt; dieser Veranstaltung sollten später weitere zu anderen Werken Neuer Musik folgen. Ich schrieb danach an Erich: » … die Intendanz des Kieler Stadttheaters hat viel Mut. Hoffentlich wird die

Oper nicht ausgepfiffen!« Doch nach deren Premiere Mitte Juni schrieb ich: »… ich muss sagen, dass ich mit einer großen Portion Skepsis gegenüber Hindemithscher Musik hingegangen bin, aber im Laufe der Aufführung wurde ich immer begeisterter. Das Publikum applaudierte wie verrückt (es gab 40 Vorhänge)! Ich habe die Kieler noch nie so in Ekstase gesehen wie an diesem Abend! Als wir schon längst am Knooper Weg waren, hörten wir das Volk im Theater immer noch ›Bravo!‹ schreien.«

Professor Rabsch war vor Kurzem mit seiner großen Familie in die Kantstraße gezogen und hatte sich mit Vater bekanntgemacht. Sie verstanden sich gut, was dann auch zu gegenseitigen privaten Einladungen führte. Er wirkte als Professor an der Pädagogischen Hochschule in Kiel, wo er natürlich auch bei den Studenten Interesse für Neue Musik zu wecken wusste. So inszenierten sie unter seiner Anleitung Hindemiths Oper für Kinder »Wir bauen eine Stadt«, in der nur Kinder mitwirkten. Seine »Abendmusiken« mit PH-Chor und -Orchester, die bald jeweils zum Semester-Abschluss im Hochschulgebäude in der Diesterwegstraße stattfanden, wurden bei den Kieler Freunden guter Musik sehr beliebt.

Rabsch war übrigens persönlich mit Paul

Hindemith bekannt und sogar befreundet. Sie hatten sich 1931 kennengelernt, als der Komponist aufmerksam geworden war auf Rabsch' Musikarbeit mit Schülern der Staatlichen Bildungsanstalt Plön. Davon war er so angetan, dass er spontan Stücke für Kinder komponierte. Sie wurden wenig später von Rabsch in Plön uraufgeführt und in der Musikwelt als »Plöner Musiktag« bekannt. Nach dem Krieg hatte Hindemith, der Mitte der dreißiger Jahre hatte emigrieren müssen, sich sogar für eine zügige Entnazifizierung von Rabsch eingesetzt.

Ellen hatte gehört, Frau Rabsch könnte Warzen besprechen, und sie wollte mal anfragen, ob sie das bei ihr machen würde. »Dann komm ich mit!«, sagte ich, denn mich störte eine Warze am linken Mittelfinger. Frau Rabsch war einverstanden, sagte aber, zum Besprechen müsse es unbedingt Vollmond bei klarem Himmel sein. Wir warteten den Termin ab und klingelten dann an ihrer Haustür. Frau Rabsch ging mit uns in den Garten zu einer Stelle, wo der Mondschein auf uns und unsere Warzen fiel. Sie trug uns auf, nun auch unsere Gesichter zum Mond zu wenden. Mit der Schnittfläche einer Zwiebel rieb sie über die betroffenen Stellen und murmelte dabei leise Zaubersprüche

– zu leise für uns. »Ich werfe jetzt die Zwiebel auf den Komposthaufen«, sagte sie danach, »und wenn sie verrottet ist, sind die Warzen weg!«

Wir bedankten uns und dachten nicht mehr an die Warzen. Erst nach einiger Zeit fiel uns auf, dass sie verschwunden waren!

Ende Mai beschlossen wir Schülerinnen der Klasse U IIa einmütig, in unserer teilzerstörten Schule in Eigenhilfe einen Raum für uns wieder herzurichten. Wir hatten nicht nur den Schichtunterricht satt, sondern auch unser trostlos aussehendes Klassenzimmer mit den defekten Wänden und Fenstern, der klapperigen Tür, die bei jedem noch so schwachen Windzug aufging, dem Fußboden mit tiefen Schlaglöchern und der kaputten Decke. Einen Raum im dritten Stock hatten wir uns schon ausgesucht und von Direx Dr. Thietz auch bereits die Genehmigung für die Durchführung unseres Vorhabens erhalten. Finanzieren wollten wir es mit einem Elternabend, zu dem auch Schüler anderer Schulen und außenstehende Erwachsene kommen könnten. Alle müssten dann natürlich für das am 22. Juni stattfindende Ereignis Eintritt bezahlen.

Gerda (vorn Mitte) mit Mitschülerinnen

Inzwischen liefen die Vorbereitungen sowohl für die Bauarbeiten als auch für den Elternabend bereits auf Hochtouren. Renates Freund Gerd hatte schon mal auf einem Bau gearbeitet und konnte mauern. Er hatte zugesagt, zusammen mit drei Kumpels die Handwerkerarbeiten zu übernehmen, und zwar umsonst! Ob dann später auch gelernte Handwerker helfen würden, ist mir entfallen. Auf dem Elternabend, wir nannten ihn jetzt »Bunter Abend«, würden wir die »Rüpelszenen« aus dem »Sommernachtstraum« von William Shakespeare aufführen – die ersten Proben liefen schon. Ob überhaupt jemand – oder wer – Regie führte, weiß ich nicht mehr. Außer dem Schauspiel wollten wir Tänze darbieten. Dafür hatten wir uns Tanzkleider von der 1. Mädchen-Mittelschule geliehen und vom Stadttheater für die Dekoration auf der Bühne einen grünen Vorhang – er sollte den Wald andeuten. Eine Tombola wollten wir auch noch organisieren.

Die vielen zu erledigenden Aufgaben für die Instandsetzungsarbeiten unseres neuen Klassenraums hatten wir untereinander aufgeteilt. Da meine Eltern über eines der wenigen bereits genehmigten Telefone verfügten, hatte auch ich wichtige Dinge übernommen.

Nach vorheriger telefonischer Anmeldung machte ich mich auf zum Landeswirtschaftsamt. Natürlich mussten solche Wege unbedingt während der Schulstunden erledigt werden, wozu unsere Lehrer auch ohne Weiteres die Erlaubnis gaben. Im Landeswirtschaftsamt, Zimmer 44, trug ich Regierungsdirektor Dr. Seehusen, einem Freund meiner Eltern, unser Projekt vor und bat um seine Hilfe. Als Erstes benötigten wir nämlich fünfzig Meter Maschendraht für die Decke. Herr Dr. Seehusen fand unseren Plan gut und versprach, sich um einen »Belieferungsschein«

zu kümmern. Tatsächlich konnte ich dieses wichtige Papier eine Woche später im Landeswirtschaftsamt abholen. Damit bestellte eine Mitschülerin bei einer ihren Eltern bekannten Firma den Draht, der dann aufgerollt zehn Tage später mit einem LKW zur Schule gebracht wurde. An einem anderen Tag rief ich bei meinem Nennonkel Willy Cassuben an; er hatte einen Fuhrbetrieb und besaß auch eine Kiesgrube. Von ihm erhielten wir das benötigte Fuder Sand – sogar umsonst! Mit seinem Lastwagen lieferte er es dann auch noch bis vor unsere Schule! Außerdem fragte ich telefonisch bei den Zement-Werken in Itzehoe an wegen des benötigten Zements und Kalks. Heute bin ich mir nicht mehr sicher, ob ich Uwe, der ja in Itzehoe zu Hause war, wirklich dafür eingespannt hatte, bei der Firma ein gutes Wort für uns einzulegen.

»Ferngespräche«, wie nach Itzehoe, mussten beim Fernamt angemeldet werden. Danach dauerte es manchmal Stunden, bis die Verbindung hergestellt worden war. Während dieser Wartezeit musste man natürlich in Reichweite des Telefons bleiben. Jedenfalls hatte ich auch bei der Itzehoer Firma Erfolg, und somit würde schon zu Beginn der Sommerferien mit den Arbeiten begonnen werden können.

Wegen neuer Schulmöbel wandte ich mich an das Kultusministerium, das mich jedoch an das Kieler Schulamt verwies. Ich wusste, dass Vater und die Stadtschulrätin Toni Jensen einander seit vielen Jahren kannten. Allerdings kann ich mir nicht vorstellen, dass mein sehr korrekter Vater am Erfolg unseres Anliegens in irgendeiner Weise mitgewirkt hätte. Tatsächlich erhielten wir aber auch hier eine Zusage! Bis dann die Möbel geliefert wurden, dauerte es allerdings noch eine Weile. Natürlich mussten wir zum Gelingen unseres ehrgeizigen Vorhabens auch selbst mit anpacken. Wir schleppten Gerüstteile, Sand und anderes bis in den dritten Stock hinauf zur Baustelle. Später, Ende September, sollten dann die Abbauarbeiten hinzukommen, wie Schutt räumen, ihn in Eimern nach unten transportieren, unser fertiges Klassenzimmer säubern und als Letztes einrichten – zunächst noch mit den alten Schulmöbeln.

Was uns große Sorgen bereitete, war die bevorstehende Abwertung der Reichsmark. Deshalb versuchten wir natürlich – noch saß das Geld bei den Leuten locker –, die Eintrittskarten für den »Bunten Abend« möglichst vorher zu verkaufen sowie das für den Bau gelieferte Material zu bezahlen. Ein Bankkonto besaßen wir bereits – der Vater einer

Klassenkameradin hatte es für uns eingerichtet. Der Kartenvorverkauf entwickelte sich erfreulich. »Habe schon 90 RM eingenommen«, steht unter dem 10. Juni in meinem Taschenkalender.

Die erste Kostümprobe für die »Rüpelszenen« hatte bereits stattgefunden. Ich spielte den Kesselflicker »Schnauz« (die Wand). Dafür musste ich mich natürlich als Mann ausstaffieren. Außer einer langen Hose, aus dessen Tasche ich ein »Schnupftuch« dekorativ heraushängen ließ, und einem karierten Männerhemd hatte ich Mutters Klotzen (Gartenschuhe aus Holz) angezogen, die Haare unter einer geliehenen schäbigen Schirmmütze versteckt, mein Gesicht als Kesselflicker mit Rußflecken versehen und mir eine Pfeife besorgt. Rauchen konnte ich schon. Die erste mir angebotene Zigarette hieß übrigens GERDAMI, hergestellt in der gleichnamigen Kieler Zigarettenfabrik.

Zwischen all den Aktivitäten für die Bauarbeiten, die Vorbereitungen und Proben für den »Bunten Abend«, fand ich Zeit, auf Einladung von Erichs Freund Hans ins Theater zur Operette »Gräfin Mariza« zu gehen. Hier wirkte auch das Kieler Ballett mit. Dabei fiel mir auf, dass kein einziger Tänzer dabei war! Stattdessen hatten Tänzerinnen im Herren-

Trikot die männlichen Parts übernommen.

Mit Fritz und Heini war ich im Zirkus APOLLO, der auf dem Wilhelmplatz sein riesiges Zelt aufgeschlagen hatte. Nachdem er es wieder abgebaut hatte, kam der Jahrmarkt auf den Platz. Dahin ging ich mal mit Anna oder Fritz, mal mit Ellen. Im Kino war ich natürlich auch. Es lief gerade der wegen seiner Freizügigkeit berüchtigte Film »Große Freiheit Nr. 7«. Er war für Jugendliche unter Achtzehn verboten. Ellen und ich drehten bei der Eingangskontrolle unsere Gesichter zur Seite oder taten so, als putzten wir unsere Nase. Dabei verdeckten wir mit dem Taschentuch einen Teil des Gesichts und kamen auf diese Weise fast immer ungeschoren ins Kino!

Zeitungsmeldung am ersten Juni: »Rasierklingen und Nägel können ab sofort ohne Bezugsschein abgegeben werden«.

Für diesen Tag hatte Heini mich zum Juristenball in Tannenberg eingeladen. Im Laufe des Abends stellte ich fest, dass Juristen viel ausgelassener feiern als Anglisten. Dies meinte ich beurteilen zu können, da ich kürzlich mit Fritz als »seine Dame« auf dem Anglistenball gewesen war. Heini war ein guter Tänzer, und – wie meine Freundin Ruth schon vor einiger

Zeit vermutet hatte – offensichtlich in mich verliebt. Zwar fand ich ihn inzwischen nicht mehr viel zu alt, sondern jetzt sogar schon fast *zu* attraktiv! Allerdings befürchtete ich, dass ein Mann über Zwanzig vielleicht schon ernste Absichten in Bezug auf eine gemeinsame Zukunft hegen könnte, und dazu war ich noch nicht bereit. Wohl deshalb notierte ich anschließend im Taschenkalender: »Bin froh, dass Heini erstmal weg ist!« Er war in die Schweiz zu einem mehrwöchigen Landeinsatz für Studenten gefahren, wo er gegen Kost, Logis und geringen Lohn auf einem Bauernhof arbeiten wollte. Diese Aktion war von der Kieler Uni initiiert worden. Vor allem wohl, damit die jungen Leute einmal genug zu essen bekamen und auch, damit sie einen Eindruck vom Leben außerhalb Deutschlands erhielten.

Mit Lehrer Ohnesorge fuhren wir am 12. Juni im Rahmen des Schul-Wandertags per Fahrrad nach Altenhof bei Eckernförde. Dort trafen wir am Strand zufällig auf eine Jungen-Klasse aus Flensburg, die ebenfalls ihren Wandertag absolvierte. Ein Flensburger hatte sein Akkordeon mit und spielte zum Tanz auf. Auf Strandsand zu tanzen, war zwar etwas mühsam, aber schön! Einige von uns verabredeten sich

mit ihrem Tänzer sogar für einen Briefwechsel, der
dann allerdings bald »versandete«.

»24.6.1948 Nr. 2 (Klassenaufsatz)
»Wandertage (Erinnerungen und Gedanken)
Es sind Tage, an die man sich oft und gern erinnert – besonders, wenn man durch die feuchten Fensterscheiben in
den rauschenden Regen starrt und trüben Gedanken nach-
hängt.

Dann entwirft man Pläne für den nächsten Ausflug, der
bald – am liebsten morgen schon – steigen soll.

Ob es dann wieder so schön wird, wie damals, als wir an
die Schwentine, an die Ostsee oder in die Heide wanderten? Ob wir wieder einen so wunderbaren Sonnenaufgang
miterleben dürfen wie damals? Den schmalen leuchtend
roten Streifen hinter den verschlafenen Häusern der Stadt
hielten wir für den Widerschein eines Großfeuers, doch als
sich kurze Zeit darauf aus dem Streifen eine flammende
Kugel formte und die ziehenden Wolken sich in ein einziges blutrotes, scharlachfarbenes, gold- und weißgelbes
wanderndes Meer verwandelten, wußten wir, daß wir das
schönste Schauspiel, das keine Menschenhand nachbilden
kann, erfuhren: den Sonnenaufgang.

Und als wir dann durch den Morgen wanderten, dachten wir nicht mehr an die schwere Zeit, in der wir lebten und die uns bevorstand, nicht mehr an wirtschaftliche und politische Probleme, die die ganze Welt beschäftigten, nein, wir freuten uns, daß wir so jung und gesund waren, um unsere schöne Heimat zu durchstreifen; wir waren glücklich, einen hellen Sommertag lang keine Trümmer und überfüllten Straßenbahnen sehen zu müssen.

Und wenn wir auf eine kleine Anhöhe gelangten und auf die weite grüne Landschaft mit den ringsherum verstreuten Gehöften schauten, auf die gepflegten Äcker und Felder, die in der Ferne mit dem jetzt schon blauen Himmel zusammenstießen, dann waren wir ganz stumm vor diesem Anblick und glaubten, daß es nirgendwo auf der ganzen weiten Welt so schön sein könnte wie bei uns. – Bis jemand ein Lied anstimmte und uns daran erinnerte, daß wir weitergehen wollten, um vielleicht noch schönere Ausblicke zu entdecken.

Vor zwei Jahren hätten wir die kühlen Wälder noch als günstiges Gelände für Spiele betrachtet; heute aber waren wir ganz überwältigt von der Schönheit der leuchtenden Sonnenstrahlen, die ab und zu über die hellen Blätter der Bäume fluteten.

In solchen Augenblicken kann man diese reine Schönheit fast nicht mehr ertragen und weiß vor Glück nicht, wem man dafür danken soll.

Eine Wanderung an einem schönen Sommertag durch unsere liebliche holsteinische Landschaft kann uns viel geben. Man hat Sonne und Frohsinn für lange Zeit im voraus gesammelt – auch für Regentage.«

Stichtag für die Währungsreform war Sonntag, der 20. Juni. Wir hatten die Rechnungen für den Ausbau unseres Klassenzimmers tatsächlich noch mit Reichsmark bezahlen können. Dagegen würde die erzielte Reichsmarksumme für die bis zuletzt verkauften Eintrittskarten danach nur ein Zehntel betragen! Doch wir waren guten Mutes, davon sogar noch ein weiteres Klassenfest, eine Fahrt oder ein Zeltlager finanzieren zu können.

Montag, 21. Juni, fand nachmittags die Generalprobe für unseren »Bunten Abend« statt und am nächsten Tag das eigentliche Ereignis. Unsere Klasse hatte sogar schulfrei bekommen!

Am 22. Juni waren in der Humboldtschule, dem am wenigsten von Bomben beschädigten Kieler Gymnasium, die Aula und auch die Galerie brechend voll! Wir hatten sogar richtige Scheinwerfer. »Das einzig Blöde war«, schrieb ich an Erich, »dass der eine obere Scheinwerfer so stank! Als er sich erhitzte, wurde die Farbe auf dem Schirm nämlich weich und verursachte eine stinkende schwarze Rauchwolke. Aber wir gewöhnten uns langsam an den ›Duft‹. Die

Sommernachtstraum

von Shakespeare

ausgeführt von Schülerinnen der U IIa

Käthe-Kollwitz-Schule, Kiel

Druck von Walter Joost, Kiel, ...

Personen-Verzeichnis

für die

„Rüpelscenen"

aus Shakespeares

„Sommernachtstraum"

Sqenz, der Zimmermann (Prolog) .	Margrit Ottow
Zettel, der Weber (Pyramus) . . .	Ilse Stutzer
Flaut, der Bälgenflicker (Thisbe) . .	Renate Godusch
Schnauz, der Kesselflicker (Wand) .	Gerda Ohrtmann
Schlucker, der Schneider (Mond) .	Helga Alt
Schnock, der Schreiner (Löwe) . .	Waltraut Koss
Theseus, Herzog von Athen . . .	Ilse Schmitter
Hippolyta, seine Braut	Marianne König
Philostrat, Zeremonienmeister . .	Christa Arp
Leander } Liebhaber der Hermia	Liselotte Dulitz
Demetrius	Lisa Krawutschke
Hermia } zwei junge Mädchen	Inge Buker
Helena	Gisela Lang
Zwei Staatsmänner . .	Jutta Costede, Ilse Kröger,

Programmzettel

158

Leute waren jedenfalls schwer begeistert, besonders natürlich von den ›Rüpelszenen‹. Einen österreichischen Walzer mussten wir sogar wiederholen!«

Die »Rüpelszenen« führten wir im Laufe des Jahres sogar noch mehrmals auf.

Jetzt galt also die neue Währung! Für meine Eltern war die Abwertung bereits die dritte. Nach der Mark, der Rentenmark und der Reichsmark kam nun die Deutsche Mark! Die Geldscheine ähnelten denen des Dollar, denn sie waren in den USA gedruckt worden. Zunächst gab es nur Scheine, und zwar bis zum niedrigsten Wert von fünf Pfennigen!

Mit dem neuen Geld konnte man plötzlich alles kaufen, da viele Kaufleute die vorhandene Ware bis zum Stichtag zurückgehalten hatten. Doch jetzt war das *Geld* knapp! Die wenigsten Bürger verfügten für die dringend notwendigen Anschaffungen nach der langen Zeit des Mangels über nennenswerte Ersparnisse, auf die sie hätten zurückgreifen können. Denn die Sparkonten waren durch die Währungsreform ebenfalls abgewertet worden, und zwar im Verhältnis 100 zu 6,50.

Und so blieben auch von meinem schon als Kind pfennigweise eingezahlten Guthaben bei der Kieler

Spar- und Leihkasse in Höhe von etwas über 100 RM nur noch rund 6,50 D-Mark übrig. Die reichten aber immerhin für Klaviernoten, ein Paar modische Strümpfe mit Naht und zwei rororo-Bücher im Zeitungsformat. Ich fand, damit hätte ich meine Ersparnisse gut angelegt!

Wir beabsichtigten, Ende Juli mit unserer Klasse in Altenhof am Strand zu zelten, und zwar dort, wo wir auf dem Wandertag mit Lehrer Ohnesorge gewesen waren. Da Jungs dabei sein würden – sie wollten die benötigten Zelte mitbringen und aufbauen – hatten wir anstandshalber auch zwei Lehrer dazu gebeten. Als es dann aber losgehen sollte, hatten etliche von uns Mädchen absagen müssen, weil ihre Eltern das Zelten nun doch nicht erlauben wollten. Abgesagt hatten auch die Lehrer, davon erzählten wir zu Hause wohlweislich aber nichts. Schließlich waren wir nur noch etwas über ein Dutzend Leute, die dann als kleine Gruppe mit dem Fahrrad nach Altenhof fuhren.

Es wurden wunderbare Tage am Meer! Auch das Wetter war herrlich! Als Verpflegung hatte jeder fürs Erste Kartoffelsalat im Kochgeschirr mit, danach »kochten wir ab« über offenem Feuer. Dafür hatten alle etwas mitzubringen. Laut Liste war ich dabei mit »Puddingpulver, Maggi-Würfeln, Milch- und Eipulver, Salz, Kaffee, Tee, Mehl, Margarine.«

Wir schwammen in der freien Ostsee, wanderten durch den Wald oberhalb des Strandes, alberten herum und »schwooften« am Sonnabend auf der Diele vom »Grünen Jäger«, wo die Altenhofer gerade ihren Ringreiter-Ball abhielten. Abends sangen wir beim Lagerfeuer uns allen bekannte Volkslieder. Einer der Jungs hatte sogar sein 72-Bässe-Akkordeon auf dem Fahrrad mitgeschleppt! Müde vom Tag, fielen wir gegen Mitternacht sofort in einen tiefen Schlaf – trotz Strandsand in den Haaren und zwischen den Zehen. Sonntagvormittag stießen dann noch weitere Mädchen aus unserer Klasse zu uns, die aber auf Geheiß ihrer Eltern abends wieder zurückmussten. Ich fuhr am Montagnachmittag vorzeitig nach Hause, denn mein Freund Erich wartete auf mich.

Er war Mitte Juli aus Berlin gekommen – tatsächlich wieder schwarz durch die Ostzone und dann über die Zonengrenze! Der Übergang hatte erst beim zweiten Mal geklappt. Beim ersten Mal war er von der Volkspolizei geschnappt worden – sein Personalausweis wurde einbehalten.

Sechs Wochen blieb er dann bei seinen Kieler Großeltern. Wir sahen uns jeden Tag, hatten einander viel zu erzählen und waren ein Herz und eine Seele. Zum Baden fuhren wir mit dem Rad nach Falckenstein und an den Nord-Ostsee-Kanal, gingen ins Kino und zu einer Vorstellung der Niederdeutschen Bühne von »Peper un Solt« mit Ingeborg Deike und Karl Wedemeyer. Dabei konnte ich Erich stolz den privaten Balkon im Clubhaus des Westens präsentieren.

Während dieser Wochen war ich einige Tage bettlägerig krank. Als ich wieder aufstehen durfte, schlug Mutter sogar von sich aus Erichs Besuch bei uns vor! Mit Anna spielten wir dann zu Dritt »Mikado«, Erich und ich waren dabei sehr befangen.

Ich ahnte schon, dass eine gemeinsame Zukunft – so wie wir sie uns als Vierzehn/Fünfzehnjährige ausgemalt hatten – wahrscheinlich illusorisch war, wenn wir uns über so lange Zeit höchstens einmal im Jahr sehen konnten. Obwohl wir nicht darüber sprachen, spürte wohl auch Erich, dass seine Abreise ein Abschied für immer bedeutete. Wir schrieben einander noch einige Jahre lange Briefe, in denen wir über das berichteten, was uns bewegte und was wir erlebten.

1947 waren die amerikanische und die britische

Besatzungszone zu einer wirtschaftlichen Einheit verbunden worden, zur Bizone. In diesem Jahr war zu diesem Konstrukt die französische Besatzungszone hinzugekommen, und aus der Bizone wurde die Trizone. Wir sagten allerdings nicht »Trizone«, sondern »Trizonesien«, nachdem Witzbolde die erste Zeile eines neuen deutschen Schlagers einfach ersetzt hatten durch »Wir sind die Eingeborenen von Trizonesien«.

Fritz hatte erste Gedichte und eine Kurzgeschichte veröffentlichen können! Und zwar in »Blick in die Welt«, eine in London auf Deutsch gedruckte Illustrierte für die Britische Besatzungszone. Redakteur war Wolfgang von Einsiedel, ein freier Mitarbeiter Erich Fried. Fried und Fritz waren miteinander befreundet, nachdem sie sich 1947 zufällig in der Londoner Tate Gallery kennengelernt hatten. Fritz war damals noch Prisoner of War und hatte seinen sonntäglichen »Ausgang« für den Besuch der »Tate« genutzt. Ich freute mich unbändig über seine ersten schriftstellerischen Erfolge! Natürlich war ich auch sehr stolz auf meinen großen Bruder!

Er studierte an der Kieler Universität Deutsch und Englisch fürs Lehramt und hatte uns gegenüber manchmal die Englisch-Dozentin erwähnt, deren Lehrveranstaltungen sich positiv von den üblichen unterschieden; er bewunderte auch ihr perfektes King's English. Dass es diese Nuance des Englischen überhaupt gab, war mir neu. Und nun war eines Julisonntags Dozentin Gisela Freiin von Stoltzenberg bei uns zum Nachmittagskaffee gekommen. Übrigens war Bohnenkaffee seit Kurzem frei verfügbar, allerdings kostete ein Pfund fast dreißig D-Mark.

Zwar hatte Fritz die Baronin eingeladen, doch es war dann darauf hinausgelaufen, dass unsere Eltern die Gastgeber waren, denn er verfügte ja nur über sein winziges Zimmer. Heute denke ich, dass Vater ihren Namen vielleicht schon in einem anderen Zusammenhang kannte, denn sie war ab Ende der zwanziger Jahre wissenschaftliche Assistentin im Völkerbund gewesen. Daher wurde sie vielleicht auch für ihn eine interessante Gesprächspartnerin, hatten doch beide für den Frieden zwischen den Völkern gearbeitet. Sie im Völkerbund und er bis 1933 als Redakteur der Zeitschrift der Deutschen Friedens-Gesellschaft.

Entgegen meiner Erwartung sah sie überhaupt nicht wie eine Baronin oder Professorin aus: Sie trug ein Kleid mit weitem Rock und taillenbetontem breiten Gürtel, dazu einen »Bubikopf« (Pagenschnitt) und auf den Lippen etwas Rouge. Dennoch fühlte ich mich unserem adligen Gast gegenüber sehr befangen, und als wir uns die Hände schüttelten, machte ich unwillkürlich sogar einen Knicks. Nach der kurzen Begrüßung verdrückte ich mich jedoch schnell. Ich war mit Erich verabredet, dessen Zeit in Kiel bald ablief.

Ende November war Frau von Stoltzenberg dann nochmals Gast bei uns. Meine Eltern hatten meine Klavierlehrerin Fräulein Gennrich dazu gebeten, die dann natürlich genötigt wurde, ein Stück auf dem neuen Klavier zu spielen. Es war kein wirklich neues, doch ein äußerlich und technisch guterhaltenes Instrument. Das Alte war in jeder Hinsicht absolut hinüber gewesen.

25. August, Taschenkalendereintrag: »Heini hier!« Er hatte seine Heimreise nach Flensburg in Kiel unterbrochen und meldete sich bei uns aus der Schweiz zurück. Mir hatte er sogar etwas mitgebracht: eine Tafel Cailler-Schokolade!

Einen Tag später standen Fritz und ich vor der Bahnsteigsperre auf dem Hauptbahnhof. Wir warteten auf den Zug aus Hamburg mit Dr. Fritz Braun. Er hatte im Frühjahr 1939 nach England emigrieren müssen, nachdem es in Deutschland für Juden absolut lebensgefährlich und damit für eine Ausreise fast schon zu spät geworden war. Für mich war er »Onkel« Braun. 1939 hatte er mir zum Abschied ein lebensgroßes weißes Porzellankaninchen geschenkt, denn er wusste, dass unsere Stallkaninchen meine Freunde waren. Es hatte den Bombenkrieg in unserer Dachkammer sogar »überlebt« – bis auf ein abgebrochenes Ohr! Dr. Braun gehörte zu den Freunden meiner Eltern, einem Kreis Antinazis, der sich während der Nazizeit regelmäßig bei uns getroffen hatte.

Inzwischen fuhren wir schon mit Dr. Braun in der Straßenbahn, natürlich stehend, denn die Bahnen waren immer überfüllt. Tante Hanna hatte dafür gesorgt, dass er in Kiel als rückkehrender Emigrant eine Wohnung erhielt.

Ich fand, dass Onkel Braun sich in den vergangenen neun Jahren äußerlich überhaupt nicht verändert hatte. Unverändert war auch die Liebe zu seiner Heimat. Denn als er während der Fahrt auf die zerstörten Gebäude und Trümmer ringsum blickte, stellte er nachdenklich fest, den Ruinen sehe man im Gegensatz zu den kümmerlichen in England doch an, dass die Häuser einmal *solide* gebaut worden seien! Er war offenbar entschlossen, alles in Deutschland besser zu finden als in England. – Zwei Tage später, an einem Sonnabend, unternahm ich mit Onkel Braun eine Förde-Rundfahrt – wahrscheinlich hatte Mutter dies vorgeschlagen.

Meine Schulfreundin Ilse hatte mir vom »MK« (Musikkreis) erzählt. Er bestand aus einem Orchester und einem Gemischten Chor unter der Leitung des pensionierten Musiklehrers Heinrich Grahl. Sie selbst spielte im Orchester Geige und war auch im Chor.

Inzwischen sang ich ebenfalls dort im Alt, die Proben fanden einmal wöchentlich in der Schule am Ravensberg statt. Neben der Chorarbeit und Auftritten bei »Jugend singt für Jugend«, im Kieler Waisenhaus, in Altersheimen und anderen sozialen Einrichtungen unternahmen wir im Laufe der Zeit Wanderungen und ein Zeltlager, waren zu einem Proben-Wochenende in der neu eröffneten Jugendherberge Raisdorf und veranstalteten Tanzfeste. Letztere fanden in der Schule am Ravensberg statt. Vermutlich gab es aus Grahls Lehrerzeit dort nicht nur für die MK-Probenabende, sondern auch zur Durchführung unserer Feste gute Kontakte zum Hausmeister.

Am ersten September begann die Kieler Woche 1948, die jedoch von uns kaum wahrgenommen wurde. Auf der Förde liefen nur wenige schwach besetzte Regatten. Anna meint sich aber zu erinnern, dass es ein Abschlussfeuerwerk gab, das sie von der Gablenzbrücke aus zusammen mit Freunden beobachtet hatte.

Wichtiger als die Kieler Woche war für uns Normalverbraucher, dass ab September die Lebensmittelzuteilungen auf 1846 Kalorien pro Tag erhöht worden waren. Lebensmittel waren damit immer noch knapp rationiert. Doch wirklich hungern mussten wir nach meiner Erinnerung jetzt nicht mehr. Denn inzwischen hatten wir ja gelernt, auch mit wenig auszukommen. Und zur Not gab es immer noch den Schwarzen Markt, der vor dem Bahnhof stattfand und wegen der vielen Menschen aus einiger Entfernung auch äußerlich tatsächlich schwarz aussah. Hier gab es alles, entweder im Tausch, für harte D-Mark oder gegen amerikanische Zigaretten. Die Polizei veranstaltete immer wieder Razzien, und wer erwischt wurde, musste mit einer hohen Strafe rechnen. Doch sowie ein Polizist sich nur von Weitem näherte, stoben die Menschen in alle Richtungen davon – der Platz war wie leergefegt!

Am dritten September hatten wir Schul-Wandertag

und somit keinen Unterricht. Doch wir wollten nicht wandern, sondern lieber den Schutt aus unserem neuen Klassenraum wegräumen, nachdem die Handwerker – bis auf die Malerarbeiten – fertig geworden waren. Anschließend fuhren wir nach Bellevue zum Schwimmen in der noch »warmen« Förde. Doch dann ging es in der Schule weiter. Bis abends halb acht Uhr schleppten wir Gerüstteile und erledigten andere Aufräumarbeiten.

Gerade noch rechtzeitig kam ich danach zur wöchentlichen MK-Chorprobe. Letztere wollte ich nicht verpassen, denn ich traf dort meinen neuen Freund Cherry. Eigentlich hieß er Wilfried, doch für alle war er Cherry, auch er selbst nannte sich so. Er war drei Jahre älter als ich, sehr groß, Handballer beim PSV (Polizei-Sportverein) und Tenor im MK. Obwohl bei mir die erste Verliebtheit bald verflog, »gingen« wir über ein Jahr miteinander.

Eine mir damals wichtig erscheinende Zeitungsmeldung vom 14. September hatte ich in meinem Kalender vermerkt: »In Kiel sind von 6000 Straßenlaternen inzwischen schon 161 wieder in Betrieb.« Aufgefallen waren mir die wenigen intakten Laternen allerdings nicht.

Vater war dienstlich auf Pellworm gewesen und

kam von dieser Drei-Tage-Reise mit ein paar Apfelsinen in der Aktentasche zurück – für jeden von uns eine! Ich hatte ganz vergessen, dass es so etwas Tolles gab! Er berichtete, nachts sei vor Pellworm bei Süderoogsand ein großes Schiff mit Apfelsinen auf Grund gelaufen und gekentert. Die Ladung sei über Bord gegangen – der ganze Weststrand hätte am nächsten Morgen goldgelb geleuchtet von Apfelsinen! Davon hätten die Pellwormer die besten für sich behalten. Die sie nicht gleich verwerten konnten, hätten sie eingeweckt oder zu Saft und Marmelade verarbeitet. Die Schlechteren, die schon unter dem Salzwasser gelitten hatten, hätten sie dann ans Festland verkauft.

»Die Amnestierten« waren ein 1946 von Kieler Studenten gegründetes Kabarett. Der Name bezog sich auf das im gleichen Jahr von der Militärregierung erlassene Gesetz, nach dem die Jahrgänge ab 1919 unter eine Jugendamnestie fielen und somit kein Entnazifizierungsverfahren durchlaufen mussten. Letzteres selbstverständlich nur, falls keine belastenden Tatsachen über die einzelne Person vorlagen.

Inzwischen war das Kabarett auch außerhalb Kiels bekannt geworden und tourte erfolgreich durch die Lande. Jetzt waren »Die Amnestierten« wieder einmal in Kiel. Anna, Heini und ich gingen am 28. September zu einer Vorstellung in der Neuen Mensa im ehemaligen ELAC-Gebäude. Wir waren begeistert von den bissigen Texten und Songs, die sich auf aktuelle Themen bezogen! Vor knapp zwei Jahren hatten Anna und ich schon einmal eine Vorstellung des damals außerhalb der Kieler Uni noch unbekannten Studenten-Kabaretts erlebt. Nach meiner Erinnerung hatte Ursula Herking als Gast einen Song vorgetragen, der dann sehr populär wurde. Der Text stammte von Erich Kästner und traf so kurz nach dem Krieg das allgemeine Lebensgefühl. Der Refrain lautete: »Denn wir hab'n ja den Kopf noch fest auf dem Hals!« Das Lied begann: »Ich trage Schuhe ohne Sohlen, und der Rucksack ist mein Schrank. Meine Möbel hab'n die Polen und mein Geld die Dresdner Bank …«.

Für Schleswig-Holstein gab es sogar schon wieder eine Flagge: Blau-Weiß-Rot. Aber ich hatte eigentlich genug von Fahnen – ich nehme an, dass es vielen meiner Generation damals ebenso ging. Zu oft hatten wir uniformierten »Jungmädel« vor der letzten beim »Fahnenappell« strammstehen und sie mit erhobenem Arm grüßen müssen!

Am fünften Oktober wurde das bereits erwähnte neue Klavier ins Haus gebracht! Heini, der gerade bei uns war, spielte gleich darauf und war begeistert! Er kam immer noch regelmäßig zu uns in die Kantstraße. Hin und wieder erschienen auch Fräulein A. oder unser ehemaliger Hausgenosse Uwe, die anderen jungen Leute studierten nicht mehr in Kiel oder standen bereits im Beruf.

Das Klavier sah sehr gut aus, es hatte einen schönen Klang und auch der Anschlag war angenehm. Auf meinen Wunsch ging ich jetzt zweimal in der Woche zum Unterricht bei Fräulein Gennrich. Nach Stücken wie Schumanns »Fröhlicher Landmann«, Beethovens »Für Élise« und seiner G-Dur-Sonatine, Mozarts Rondo D-Dur, Fantasie d-Moll, Sonate Nr. 11 A-Dur mit dem Türkischen Marsch, durfte ich mich nun an Mozarts G-Dur-Sonate wagen. Daran hatte ich lange zu arbeiten, konnte sie dennoch nie völlig fehlerfrei spielen. Mir fehlte die Geläufigkeit der Finger. Aber das hatte ich selbst zu verantworten, denn von Anfang an hatte ich die entsprechenden stupiden Fingerübungen vernachlässigt.

Annas zweijähriger Pädagogischer Lehrgang in Ahrensbök war beendet, jetzt besaß sie ein sehr gutes Zeugnis über die bestandene Volkschullehrerprüfung und damit die Befähigung, dort die Klassen Eins bis Acht (später bis Neun) zu unterrichten. Nach den Herbstferien würde sie wieder an die Volksschule Sternstraße kommen, wo sie dann zwei fünfte Klassen mit jeweils knapp fünfzig Mädchen übernehmen sollte.

Am 14. Oktober begann nach den Herbstferien wieder der Schulunterricht – in unserem eigenen Klassenzimmer! Vor Freude darüber tanzten wir am ersten Tag in der großen Pause und auch nach der letzten Stunde übermütig auf dem Flur. Margrit hatte ein Koffergrammofon und ein paar Platten mitgebracht. Darunter waren sogar der neue Schlager mit Hans Albers »Hein Mück aus Bremerhaven ist allen Mädchen treu …«, und der Tango »Blaues Meer im Süden«, gesungen von Rudi Schuricke. »Tango ist *der* Tanz!«, schrieb ich an Erich.

Sonntag, 17. Oktober, war die letzte Gelegenheit, die beiden Seiltänzer Carlo und Henrico zu sehen. Sie wollten nochmals auf einem bis zu siebenundsiebzig Metern Höhe gespannten Seil vom Exer zum Rathausturm balancieren – abends sogar mit Fackeln!

Ellen und ich hatten uns das Ereignis nicht entgehen lassen wollen und waren zum Exer gelaufen. Dort zitterten wir vor Angst um die Akrobaten, von denen einer die Strecke vom Exer aufwärts bis zum Rathausturm balancierte und der andere anschließend von dort abwärts zum Exer. Wenn die Balancierstange schwankte, was einige Male vorkam, schrien wir vor Schreck und mit uns alle anderen Zuschauer auch.

Am 23. Oktober veranstaltete unsere Klasse einen Elternabend, auf dem wir wieder die »Rüpelszenen« aufführten. Diesmal in einer Neueinstudierung durch Liesel Feldmann – eine junge Frau, die offenbar Theater- oder Regieerfahrung besaß.. Die Proben mit ihr fanden wir toll – wir fühlten uns fast wie richtige Schauspieler! Erst recht, nachdem sie uns mit echter Theater-Schminke in die entsprechende Figur verwandelt hatte! Ich glaube, es war an diesem Elternabend, dass Ruth, Margrit und ich auch noch eine Gesangsnummer darboten. A capella sangen wir »Bald prangt, den Morgen zu verkünden ...«. Wir hatten das Terzett der drei Knaben aus Mozarts »Zauberflöte« selbst nach geliehenen Noten einstudiert.

Nach meinem Auftritt als Kesselflicker Schnauz rannte ich an diesem Abend sofort zur Schule am

Ravensberg, wo das Primen-Fest der Hebbelschule stattfand. Ich kam gerade rechtzeitig genug dort an, um auch Cherry im Terzett zu erleben. Mit zwei Freunden aus seiner Klasse trug er a capella »Blue Skies« und die »Moonlight Serenade« vor. Und zwar perfekt, wie ich neidlos feststellte. – »Als wir nach dem Fest spätnachts müde nach Hause wankten« – so schrieb ich an Erich –, »trafen wir andauernd Klebekolonnen, die unschlüssige Wähler angeln wollten.« Am nächsten Tag war Kommunalwahl, wobei in Kiel CDU und SPD gleich viele Mandate erhalten würden.

Im AFN hatte ich ein paar Mal die Andrew Sisters singen gehört und war begeistert! Mit Ruth und einem anderen Mädchen aus meiner Klasse wollten nun auch wir – wie die Sisters und wie Cherry und seine Freunde – uns an mehrstimmig gesungenen Songs versuchen. Ich fragte Heini, ob er entsprechende Noten besorgen könne. Leider hatte er aber nur »Regentropfen, die an mein Fenster klopfen« auftreiben können. Die Einstudierung gelang nach unserer Meinung sogar »jede Menge gut!« Ob wir das Lied dann auch einmal vor Publikum zum Besten gegeben haben, weiß ich heute nicht mehr.

Heini besaß inzwischen die Klaviernoten von Gershwin's »Rhapsody in Blue«. Es waren abfotografierte Noten auf Fotopapier, das nach dem Entwickeln etwas gewellt geblieben war. Darauf erschien das Notenbild weiß auf schwarzem Grund. Er hatte diese Neuerwerbung mit in die Kantstraße gebracht und hämmerte nun das Stück in unser neues Klavier. Mutter verzog sich in die Küche – für sie war es zu laut. Doch ich war hingerissen! Anschließend half er mir bei Mathe, denn für den nächsten Tag stand eine Klassenarbeit bevor. Statt des erwarteten »Mangelhaft« erhielt ich sie dank Heini sogar mit einem »Genügend« zurück.

Anfang November hatten wir zum ersten Mal nach vielen Jahren wieder Hallenturnen. Unsere Schule besaß keine Turnhalle mehr, daher mussten wir zur Humboldtschule gehen. Ich mochte Geräteturnen allerdings überhaupt nicht und turnte deshalb auch mehr schlecht als recht. Schön fand ich dagegen das Rudern im Vierer oder Achter, womit wir im Sommer begonnen hatten. Wir konnten Boote eines anderen Kieler Gymnasiums nutzen und auch deren Steg am Hindenburgufer. Ich fand es aufregend, im Boot so dicht übers Wasser zu gleiten, während die Ufer auf beiden Seiten unendlich weit entfernt schienen. Einmal ruderten wir sogar bis vor Möltenort! Leider blieb es nur bei wenigen Törns, da sie bei Regenwetter ausfielen.

Laut Taschenkalender ging ich mindestens einmal in der Woche ins Kino. Die Eintrittspreise müssen sehr niedrig gewesen sein, denn mein monatliches Taschengeld betrug nur fünf D-Mark. Doch Anna, meine verständnisvolle große Schwester und seit Kurzem frisch gebackene Junglehrerin, gab mir von ihrem schmalen Gehalt monatlich fünf D-Mark dazu. Gerade hatte ich drei Filme gesehen, die mich »schwer« begeisterten: den französischen »Carmen« sowie die amerikanischen »Irrtum im Jenseits« und »Hölle, wo ist dein Sieg?« Der Vater meiner Mitschülerin Susanne Scepanik besaß mehrere Film-Theater in Kiel (vielleicht war er aber auch nur Pächter?). Er holte gute und oft auch ganz neue Filme ins »Capi« (Capitol), das Kino, das wir eine Zeitlang bevorzugten. Susannes Bruder Klaus gehörte übrigens zu unserer Patenklasse des Gymnasiums am Königsweg. Er war einmal mein Tischherr gewesen, und laut Taschenkalendereintrag fand ich ihn »süß«. Im letzten Jahr hatten wir allerdings eine Klasse der Humboldtschule zu unserem Fest eingeladen, worauf natürlich eine Gegeneinladung folgte. In diesem Jahr war die Hebbelschule dran. Die Tischherrenregelung durch Los hatten wir inzwischen aufgegeben, da jetzt einige von uns lieber ihren Freund, die Jungs ihre Freundin mitbringen wollten.

In der Humboldtschule gab es neuerdings einen offenen Debattierklub. Ich war neugierig und ging zu dessen erstem Treffen. Thema war »Sollen Frauen sich in der Politik betätigen?« Am Schluss wurde abgestimmt: Dagegen mit 23 zu 7! »Ich bin dafür!«, notierte ich in meinem Taschenkalender. Das Ergebnis war vorauszusehen gewesen, denn außer mir hatten sich nur wenige Mädchen hingetraut.

20. November, Eintrag: »Sind in der Schule alle geröntgt worden.« Es war die Lungenkontrolle im Zuge der jährlichen Röntgenreihenuntersuchung.

Wieder einmal war ich krank. Wie immer hatte mich eine fiebrige Mandelentzündung befallen, derentwegen ich meistens eine Woche nicht zur Schule gehen konnte. Im laufenden Schuljahr hatte ich laut Zeugnis bereits sechzig Tage versäumt! Penicillin war wegen der rigiden Einfuhrbeschränkungen nicht erhältlich. Behandelt wurde mit Bettruhe, feuchten Halswickeln, Gurgeln mit Wasserstoffperoxid. Eine Operation wurde nicht in Erwägung gezogen. Denn drei Jahre nach dem Krieg litten viele Menschen unter weit schlimmeren Krankheiten oder Verletzungen als es eine Tonsillitis war. Zudem gab es zu wenig Ärzte, und die zum Teil noch zerstörten Kliniken waren überfüllt.

Mein Weihnachtszeugnis war etwas besser als erwartet ausgefallen. Die meisten meiner Freundinnen, mit denen ich seit der Sexta zusammen war, würden nach der Untersekunda die Schule verlassen und danach eine Berufsausbildung beginnen. Das wollte ich auch, denn noch weitere vier Jahre zur Schule gehen zu müssen, war für mich eine bedrückende Vorstellung! Doch wenn ich mit meinen Eltern darüber sprach, hieß es: »Ausgeschlossen! Du bist klug und begabt, du musst unbedingt das Abitur machen und später vielleicht studieren!« Ich selbst war allerdings fest davon überzeugt, dass meine Eltern sich in puncto Klugheit und Begabung ihrer jüngsten Tochter gründlich irrten! Vater drohte: »Ohne Abschluss bleibt dir nur noch Arbeit in der Fischfabrik!« Die war kürzlich auf dem neuen Seefischmarkt an der Schwentine-Mündung eröffnet worden. Dennoch hatte ich die Hoffnung, ohne Abitur die Schule verlassen zu dürfen, noch längst nicht aufgegeben!

Am zweiten Dezember war ich mit Fritz und Heini im Neuen Stadttheater. Es gab nacheinander zwei Kurzopern: »Die Flut« von Boris Blacher und »Die Geschichte vom Soldaten« von Igor Strawinsky. Heini und ich waren begeistert von den neuen Klängen und den modernen Aufführungen. Wir klatschten heftig Beifall und trampelten mit den Füßen, während Fritz sich etwas zurückhielt. Für ihn war Neue Musik wirklich neu, das heißt ungewohnt.

Unsere erste Schul-Weihnachtsfeier nach dem Krieg fand in der Pädagogischen Hochschule statt, die über einen ausreichend großen Saal verfügte. Am Tag davor hatten wir dort sogar eine »Sitzprobe«.

Auch im MK veranstalteten wir natürlich eine Weihnachtsfeier. Vorher hatten wir blind einen Zettel mit dem Namen desjenigen gezogen, der das Julklapp-Geschenk erhalten sollte. Cherry schenkte mir zusätzlich eine Federzeichnung aus eigener Hand, die er verglast und gerahmt hatte. Natürlich trat an diesem Abend der Weihnachtsmann auf, wir sangen »rauf und runter« Weihnachtslieder, und es gab sogar selbst gebackene Plätzchen und Punsch.

In der Adventszeit waren eines Abends Professor Edgar Rabsch, der Maler Karl Peter Röhl und der Minister für Volksbildung Wilhelm Kuklinski in der Kantstraße zu Gast. Ich durfte eine Zeit lang im Hintergrund still dabeisitzen. Es wurde heftig politisiert, aber auch gelacht, denn Rabsch und Röhl waren gute Unterhalter.

Rabsch gab eine Geschichte zum Besten, die ich allerdings schon kannte, weil Vater sie uns weitererzählt hatte. Sie handelte vom Dirigentenstab, der ihm beim temperamentvollen Dirigieren eines Schülerkonzerts mit Elternpublikum aus der Hand geflogen und im eleganten Hut einer Dame steckengeblieben sei. Zum Glück hätte aber nach beiderseitigem erstem Schreck die Dame das Missgeschick mit Humor genommen. Als ihn jemand auf seine Kinderschar (acht) ansprach, sagte er: »Als Musiker hatte ich bei der Reihenfolge der Geburten unserer Töchter und Söhne natürlich den Aufbau einer Tonleiter beachtet: Der Platz der beiden Halbtöne blieb den Söhnen vorbehalten!«

Von Röhl hörte ich zum ersten Mal den Begriff »Bauhaus«, Er erwähnte im Gespräch die Kunstschule Weimar, in der er in den 1920er Jahren Meisterschüler gewesen war. Heute denke ich, dass dies besonders Mutter – erfolgreiche Absolventin der Flensburger Kunstgewerbeschule und danach auch ausübende Künstlerin – interessiert haben musste.

Die Bekanntschaft meiner Eltern mit Karl Peter Röhl war durch Fritz entstanden. Fritz hatte die halb

private, halb öffentliche Dauer-Ausstellung in dessen
Wohnung in der Esmarchstraße besucht und war dabei mit ihm in ein längeres Gespräch geraten. Sie
wurden Freunde, er ging bei Röhls ein und aus.

Nun hatten Röhl und seine Frau auch Mutter und
Vater eingeladen, und ich durfte mit. Ich kam etwas
später, denn vorher war noch Generalprobe für ein
MK-Konzert gewesen. Als ich Röhl auf seine Frage,
wie ich in der Dunkelheit denn hergekommen sei,
antwortete, mein Freund hätte mich sogar bis zur
Haustür gebracht, sagte er: »Aber warum ist er denn
nicht mit raufgekommen? Er interessiert sich doch
auch für Malerei, wie ich gehört habe.« Offenbar hatten meine Eltern ihm gegenüber von Cherrys Federzeichnung gesprochen.

In der großen Wohnung mit ineinander überge-
henden Räumen hingen Röhls Bilder an den Wänden
oder lehnten – achtlos, wie ich fand – auf dem Fußboden gegen die Wand. Ich erinnere Röhl als großen
freundlichen Mann mit lebhaften Gesten. In meinem
Taschenkalender steht für diesen Tag: »Habe die ab-
strakte Malerei verstanden!« Eine Notiz, die wohl nur
durch meine grenzenlose Begeisterung zu erklären
war. Sie besagte aber, dass Röhl sich die Mühe gemacht hatte, mit mir sechzehnjährigem Mädchen

über seine Arbeiten zu sprechen, mich auf Besonderheiten hinzuweisen. Warum es zum Beispiel auf einem Bild gerade diese Zeichen und ihre Beziehung zueinander, jene Farben oder auch nur Schwarz hätten sein müssen. Ein einziges gegenständliches Bild stand in der Ecke einer Fensterbank. Es war eine winterliche Landschaft. »… muss natürlich auch von was leben«, murmelte Röhl, als wir daran vorbeigingen.

Bei unserem Rundgang fiel mein Blick auf eine völlig vertrocknete Rose, die wie vergessen in einem Wasserglas auf einem Bord stand. Röhl hatte wohl bemerkt, dass ich wegen dieser hausfraulichen Nachlässigkeit etwas irritiert war. Doch zu meiner Überraschung rief er begeistert: »Ist sie nicht wundervoll? Die kaum noch wahrnehmbaren Farben, die Form, die sich allmählich auflöst, das gekrümmte welke Blatt …« Diese Sicht auf gemeinhin als hässlich empfundene Dinge war für mich neu – sie sollte sich in meinem Gedächtnis festsetzen.

Später waren Anna und ich einmal zu einem Kostümfest bei Röhls eingeladen. Erst jetzt lernten wir auch die Tochter mit dem merkwürdigen Namen Marinaua (genannt »Micky«) kennen. Sie war wenige Jahre älter als Anna und führte einen privaten Kunst-Kindergarten. Hier wurden die Kinder häufiger als üblich mit Zeichnen und Malen beschäftigt. Einige von ihnen brachten wahre Kunstwerke hervor, die dann im Atelier von Karl Peter Röhl zu sehen waren.

Mutter hatte Fleischmarken gespart, sodass es am 24. Dezember abends sogar Beefsteaks gab! Wie früher in besseren Zeiten, stand ausnahmsweise einmal Tante Hanna am Herd und zählte leise die Minuten vor sich hin, bis es Zeit war, die sechs kleinen und sehr flachen Steaks zu wenden.

Am Beginn des Winters hatten wir eine geringe Zuteilung Kohlen erhalten, sodass Vater manchmal die Zentralheizung in Gang setzen konnte. Auch wie früher stand Tante Hanna dann im Wohnzimmer mit dem Rücken zum Heizkörper, während sie mit ihren klammen Fingern dessen Rippen umfasste. Sie fror leicht, und wegen der richtigen Zimmertemperatur entspann sich regelmäßig ein Hin und Her zwischen ihr und Vater. Wie früher war es auch, als wir an diesem Weihnachten zum ersten Mal wieder alle zusammen waren. Und mit Fritz' zusätzlicher Männerstimme klangen die gesungenen Lieder richtig schön!

Meine Geschenke hatte ich im Taschenkalender notiert. Es waren eine Uhr, ein Füller, eine schicke Puderdose (von Anna), von Joseph von Eichendorff

»Ausgewählte Gedichte« und von Adalbert Stifter »Der arme Wohltäter«. Beide kleinformatigen Bände waren 1947 auf schlechtem Papier gedruckt worden – sogar ohne den Vermerk »Mit Genehmigung der Militärregierung«. Außerdem erhielt ich noch ein Nachthemd und einen Schlüpfer. Und Klaviernoten für den Schlager »Schwarzer Panther« (von Heini). Ich war sehr zufrieden und fand, dass die Zeiten langsam etwas besser zu werden schienen!

Dies bewies auch die fette Gans, die Freunde meiner Eltern rechtzeitig vor dem Fest geschickt hatten, und die wir mittags an den beiden Feiertagen mit Hochgenuss verzehrten. »Heute hab ich euch aber wirklich mal satt gekriegt!«, stellte Mutter zufrieden fest.

Am ersten Weihnachtstag erschien nach langer Zeit Herr A, einmal wieder bei uns. Er sei demnächst fertig mit seinem Chemie-Studium, berichtete er, und hätte auch schon eine Stelle in Aussicht. Auf Mutters Anregung – wahrscheinlich hatte Vater sich durch den unerwarteten Besucher in seiner Feiertagsruhe gestört gefühlt – unternahmen Anna und ich mit ihm einen Spaziergang Richtung Hasseldieksdamm. Herr A. hatte vorgeschlagen, dass wir beide uns doch bei ihm einhaken sollten.

»Hat er deinen Arm auch immer so an sich gedrückt?«, fragte ich Anna, als wir wieder zu Hause waren. »Nein«, antwortete sie erstaunt, »bei *mir* hat er das nicht!« Ich fand so etwas ziemlich komisch von einem alten Mann, der doch bestimmt schon über dreißig war! Jedenfalls war ich froh, dass ich gleich wieder losmusste. Cherry wartete schon, wir wollten ins Kino. Es gab den neuen Film von Helmut Käutner »Der Apfel ist ab!«

Am zweiten Weihnachtstag ging ich ins Theater. Aufgeführt wurde »Der Hauptmann von Köpenick« von Carl Zuckmayer. Wie schon öfter hatte das Geld nur für einen Stehplatz gereicht. Diese Plätze befanden sich im Rang. Nachdem die Platzanweiserin die Tür von außen geschlossen hatte, konnte man sich auf eine der Stufen zwischen den Reihen setzen. Auch am nächsten Tag war ich im Theater, wieder mit Stehplatz-Karte. »Ganz nett!«, fand ich laut Taschenkalendereintrag die Operette »Die Blume von Hawaii« von Paul Abraham.

Silvester feierte ich mit Cherry und bekannten Mädchen und Jungen in der elterlichen Wohnung meiner Schulfreundin Lore. Ihr Onkel Franz, der nur ein paar Jahre älter war als sie, hatte für ein Grammofon, Tanzmusik-Platten und Getränke gesorgt. Um

Mitternacht stießen wir mit »Koks« aufs neue Jahr an. Koks wurde in Schnapsgläsern serviert und bestand aus drei Kaffeebohnen und Schnaps, wahrscheinlich schwarzgebrannt. Gut möglich, dass es sich bei Koks um eine Erfindung von Onkel Franz handelte. Er behauptete nämlich, man müsse unbedingt die Kaffeebohnen zerbeißen und dann runterschlucken.

Bis drei Uhr hielten wir durch. Cherry brachte mich den langen Weg von Lores Wohnung in Elmschenhagen nach Hause – wie immer gingen wir natürlich zu Fuß. Er hatte dann noch einen halbstündigen Heimweg vor sich.

Mein Resümee auf der letzten Seite des Taschenkalenders von 1948 lautete etwas kryptisch:

»Alles in allem ein kompliziertes Jahr!«

***

Ausblick auf 1949

»Blick vom Rathausturm Richtung Südosten«
mit freigeräumten Trümmerflächen
(im Hintergrund, Mitte: Nissenhüttenlager)

Das mit Flüchtlingen überfüllte Schleswig-Holstein wurde 1949 zu einem der »Notstandsgebiete« der in diesem Jahr gegründeten Bundesrepublik Deutschland erklärt. Die Presse schrieb sogar vom »Armenhaus« Schleswig-Holstein. Denn das Land war Ende des Krieges das letzte Zufluchtsgebiet für weit mehr als eine Million Flüchtlinge und Vertriebene gewesen, die hier untergebracht und ernährt werden mussten.

Bereits damals bestand wegen des im Krieg zerstörten Wohnraums – besonders in den Städten – eine große Wohnungsnot. Inzwischen hatte sie ein heute unvorstellbares Ausmaß erreicht! Auch vier Jahre nach Kriegsende und noch weit in die fünfziger Jahre hinein mussten Flüchtlinge, Vertriebene und Ausgebombte in Baracken und Nissenhütten leben!

Zudem herrschte eine hohe Arbeitslosigkeit: Ende 1949 betrug sie in Schleswig-Holstein 26,3 Prozent!

Immerhin wurde ab November 1949 die Rationierung vieler Lebensmittel aufgehoben. Auf Marken gab es für einige Zeit nur noch Fett, Fleisch und Zucker. Länger bestand jedoch die knappe Zuteilung von Kohlen und Briketts. Doch alles in allem: Für uns Normalverbraucher wurde das alltägliche Leben allmählich spürbar besser!

Gerda (1949)

Literatur, Quellen, Erinnerungshilfen

Briefe, Dokumente und Aufzeichnungen aus dem Privatarchiv der Autorin

Aufzeichnungen und mündliche Auskünfte von Anna Rudat, Heide

Jürgen Jensen: Kieler Zeitgeschichte im Pressefoto, Wachholtz, 1985

Renate Dopheide: Kiel, Mai 1945, Ludwig, 2007

Holger Piening: Als die Waffen schwiegen, 2. Auflage, Heide, 1996

Bundesministerium für Arbeit, Bonn, März 1950: Entwicklung und Ursachen der Arbeitslosigkeit in der Bundesrepublik Deutschland (1946 – 1950)

Fotonachweis: Seite 142 und 188:
Friedrich Magnussen in Jürgen Jensen: Kieler Zeitgeschichte im Pressefoto, Wachholtz, 1985
alle anderen Fotos: privat

Gerda Brömel Bücher und E-Books

Aus dem Takt gekommen, (Kiel-Krimi)

Eine Frau in den *zweit*besten Jahren

  – Geschichten um Luise-Marie (1) und (2)

Farbeffekte, *Kuriose* Geschichten & Limericks

Das Limit. Ausgrenzungen/Eingrenzungen (Kurzprosa)

Begegnungen unterwegs (Reisegeschichten)

Auf der Schaukel – Kindheitsbilder 1936 – 1945

Vun wat Fruunslüüd dröömt un annere Vertellen

Der Förde-Nikolaus, Weihnachtsgeschichten

Liebe friesische Freundin, (romanhafte Erzählung)

Brömels Geschichten um *schräge* Typen

TEXTE Kurzgeschichten, Erzählungen, Berichte

Meine schönsten Reisen:
> Kanadische Arktis mit dem Eisbrecher (1)
> Galapagosinseln & Südamerikas Westen (2)
> Jangtse-Flussfahrt & Xi'an – Beijing (3)
> Auf dem Irawadi durch Myanmar [Birma] (4)
> Stippvisiten (5)

Gerda Brömel (Herausgeberin/Bearbeiterin)

Johann Ohrtmann »Sind Kriege notwendig?
Lebenserinnerungen eines Pazifisten und Schulmannes«,
bearb. u. f. d. Druck eingerichtet von **Gerda Brömel**,
Hg.: Beirat für Geschichte der Arbeiterbewegung und
Demokratie in Schleswig-Holstein

Fritz Ohrtmann/Gerda Brömel (Hg.)
Es gibt keine Mauern – Gedichte

Fritz Ohrtmann/Gerda Brömel (Hg.)
Eine Plattmuschel namens Rosa – Sylter Muschelgedichte